KB096584

평범하지만 특별한

평범하지만 특별한

금은보화

이상윤

하나제이

박효하

조명현

홀러가버리는 감정. 번쩍 떠오르는 아이디어. 잊고 싶지 않은 지난 날들. 일순간 사라지고 마는 것을 붙잡아 되새기고자 하는 바람은 누구에게나 있습니다.

혼자서는 어렵고 막막했던 그 일이 '책 쓰기 프로젝트'를 통해 시작 되었습니다. 이 책의 저자들은 말로 다할 수 없었던 것을 표현하기 위해 6주의 시간을 함께 걸었습니다. 머릿속에 떠돌던 문장들을 한 자한 자 써내려 갈 때의 설렘과 두려움이 아직도 선합니다. 짧은 글을 끝낸 후 누군가 '다음에는 뭘 쓰고 싶냐'고 지나가듯 물었고, 저는 사람들의 마음에 다가가는 글을 쓰고 싶다고 대답했습니다.

나의 이름이 담긴 책을 내기까지 프로그램을 바른 방향으로 이끌어 주신 글ego 담당자분께.

보기만해도 흐뭇해지는 디자인을 맡아주신 소정님께.

아울러 상상하고 이야기했던 우리들의 작가 '은률, 정재, 은영, 상윤, 명현님.'

　글의 시작과 퇴고까지 많은 도움을 주신 정성우 작가님께 감사를 전합니다.

　여러 감정들을 딛고 바쁜 시간을 쪼개어 만들어 낸 이 책이, 우리가 힘들어 멈추어 섰을 때 힘을 낼 수 있는 이유가 될 거라는 것. 시간이 흐르고 나서 과거의 모습을 추억하는 매개체가 되리라는 것을 의심치 않습니다.

　선생님이신 정성우 작가님이 말씀하셨던 것처럼 앞으로도 우리는 멈추지 않고 한 글자 한 글자 마다 떳떳한 마음을 담아 글을 써내려 갈 겁니다. 더 넓은 세상을. 더 많은 마음을. 더 큰 생각을 글로 담아낼 수 있도록 부단히 나아가겠습니다. 감사합니다.

2022년 단풍과 국화가 만연한 가을.

- 공동저자 中 박효하

차 례

포만감

금은보화

금은보화 열심히 일을 하며 살아가는 평범한 사회초년생이다. 어느 때인가부터 여성의 옷 사이즈가 점점 작아지고 있다는 것을 인지하고 의문을 갖기 시작했다. 날씬한 친구들이 본인이 통통하다고 생각하고 식이조절을 하는 모습을 보며 날씬하다는 기준은 누가 만드는 것인가에 대해 고민하게 되었다. 나의 글이 독자들에게 '예쁜 몸'에 대한 생각을 다시 한번 해볼 수 있는 기회를 제공할 수 있기를 바란다.

blog: newni.tistory.com

"또다시 비극적인 일이 발생했습니다. 지난 금요일, 윤 모 씨가 자택에서 숨진 채 발견되었습니다. 이상한 냄새가 난다는 이웃들의 신고로 발견된 윤 모 씨는 교제하던 남자 친구와 헤어진 후 약 40일간 포만감을 느끼게 해주는 약으로 끼니를 대신하며 물 이외에 아무 음식도 섭취하지 않은 것으로 판단됩니다. 더 자세한 것은 조사를 통해…."

여느 아침과 같이 TV를 켜놓고 출근 준비를 하다가 비극적인 뉴스를 접했다. 27세 여성이 약물만으로 하루하루를 연명하다가 아사하게 된 것이다. 포만감을 느끼게 해주는 약인 SATI을 처방받아 복용할 수 있게 된 이래로 종종 이런 사건이 발생하고 있다. 그 사람들이 죽기 위해 SATI를 선택한 것은 아닐 것이다. 약 30일간 음식을 섭취하지 않으면 사망한다고 알려져 있으나 사람에 따라 그 기간이 상이하여 언제 죽을지 정확히 예상하기 어렵기 때문이다. 죽고 싶은 사람이 죽을 날을 기다리며 오랜 기간을 약으로 버티는 것은 너무 고통스러운 일이 아니겠는가. 아침부터 한숨을 푹 내쉬며 출근 준비를 이어갔다.

"밥 먹고 가."

"아, 엄마. 아침에는 그냥 약 먹을게요. 늦었어."

"그 약 자꾸 처방받지 말라니까!"

"아침에만 먹어요, 걱정하시 마셔. 다녀오겠습니다."

집을 나와 회사로 향하는 지하철에 몸을 실었다. 빽빽하게 들어찬 지하철 안에는 이제 뚱뚱한 사람, 아니 통통한 사람조차 찾아보기 힘들었다. 그러한 사람들 틈에 끼어 생각에 잠겼다. 이제는 고인이 되어버린 윤 모 씨는 왜 무려 40일 동안이나 음식을 먹지 않았을까. 남자 친구와의 헤어짐이 너무 힘들어서 입맛이 없었나? 아니면 남자 친구를 만나면서 붙은 살을 빼고 싶어서였을까? 윤 모 씨의 심정을 이해하지 못하는 것은 아니다. 나 또한 남자 친구와 헤어져 본 경험이 있고, 아무것도 먹기 싫을 만큼 입맛이 없었다. 그래서 나도 일주일 내내 약으로 끼니를 때우기도 했다. 그때 밥을 먹어야 힘이 난다며 나를 방 밖으로 끌어내어준 것은 부모님이었다. 신기하게도 그렇게 먹기 싫었던 밥을 먹는 순간 다시 일상으로 돌아갈 힘이 생겼다. 남자 친구와 헤어지기 전 까지는 살찐 모습을 보여주고 싶지 않아 하루에 한 끼도 제대로 먹지 않았다. 아침과 점심은 주로 약으로 허기만 면하고, 저녁에 약속이 있으면 친구들과 가볍게 식사를 했다. 그 상태로 이별을 맞이하니 그냥 누워만 있고 싶었다. 최소한의 행동만 했다. 회사에도 휴가를 내고 며칠을 침대에만 누워있었다. 화장실에 갈 때만 방에서 잠시 나왔다가 들어가는 일상을 반복했다. 이런 나를 보며 부모님이 걱정한다는 사실도 알고 있었지만, 그걸 신경 쓸 마음의 여유가 없었다. 부모님이 나를 방 밖으로 끌어낸 이후 달라진 것은 내가 조금이나마 밥을 먹는다는 사실밖에 없었다. 비쩍 말라가던 내 몸에 살이 조금씩 붙었고, 생기가 돌기 시작했다. 다시 이것저것 시도하고 도전할 힘과 용기가 생겼다. 부모님도 그런 내 모습을 보며 역시 사람은 밥을 먹어야 사는 것이라고 만족하셨다.

"이번 역은 여의도, 여의도 역입니다. 내리실 문은⋯."

수많은 인파에 떠밀리듯 내려 회사로 발걸음을 재촉했다. 사무실에 도착해서 정신없이 업무를 하다 보니 곧 점심시간이 되었다.

"양 대리님. 사랑방 가세요?"

"아, 네. 갈게요."

지선희 팀원이 사랑방에 가자는 말로 점심시간을 알렸다. 사랑방은 우리 팀이 점심시간에 모여 이야기하는 공간이다. 이제는 점심시간에 식사를 하는 사람이 드물어서 각자 자리에 앉아 쉬거나 모여서 이야기를 나누는 형식으로 점심시간의 풍경이 바뀌고 있다. 사랑방에 모인 우리는 제각기 물을 한 컵 받아서 함께 약을 복용했다.

"아, 다들 오늘 기사 보셨어요?"

선희씨가 오늘 아침 일에 대해 입을 뗐다.

"안 그래도 오늘 아침에 그 일로 부장님한테 한참 붙들려 있었어요. 같이 담배 피우러 가자고 하셔서 나갔는데 한참을 약이야기만 하시더라니까요. 이제는 약 같은 거 팔면 안 된다고 엄청 부정적으로 이야기하시더라고요. 아마 자녀들이 다이어트 빡세게 하나 봐요."

"지호씨, 고생했네. 부장님은 예전부터 SATI 별로 안 좋아하셨잖아요. 점심밥 같이 먹을 사람이 줄어들어서 더 그러신 것 같아."

"맞지. 우리 부모님 세대는 다 싫어하긴 하는 것 같아. 우리 엄마도 내가 약 먹는 거 엄청 싫어해."

"그래도 어떡해. 이제 이 약 없으면 어떻게 다이어트를 할지 상상도 안 가는걸."

"적절하게만 쓰면 괜찮죠, 뭐. 약은 잘못 없습니다~"

한바탕 약 이야기가 지나가고 식사를 마친 김부장이 사랑방에 들어왔다. 이야기를 들어보니 지난 금요일에 사망한 채 발견된 윤 모 씨가 건너 건너 아는 사람의 자녀라고 했다. 점심시간 이후 나는 가슴께가 묵직해졌다. 나 역시 SATI덕분에 체중을 유지하고 외적으로 준수하게 관리하고 있다고 생각하지만 과연 이 몸이 건강한 몸인지는 잘 모르겠다. 특히, 윤 모 씨와 같은 상황은 내가 혼자 살았더라면 충분히 겪을 수 있는 일이라는 생각이 들었다. 처음 이 약이 시중에 나오려고 할 때도 이미 반대의 목소리는 높았었다. 특히 우리 부모님 세대의 부정 여론이 70%가 넘었고, 많은 인권단체도 광화문에서 가두시위를 벌였다. 실제로 지금 밖에 나가서 둘러보면 어느 정도 외모에 관심이 있을 법한 젊은 사람들은 TV에 나오는 연예인만큼, 혹은 그 이상의 수준으로 말랐다. 대다수의 젊은이들은 약간의 근육이 붙은 깡마른 몸을 선망하게 된 것 같다. 물론 다른 기준에 맞춰 몸을 관리하는 사람들도 있겠지만 여성의 경우, 살이 붙어있는 몸보다는 갈비뼈가 선명히 보이는 몸을 선호하는 사람이 많다. 남성의 경우라고 다르지 않다. 옛날이라면 확실한 관리를 통해 연예인이나 가질 수 있었던 지방은 없고, 근육이 잔뜩 붙은 몸을 어렵지 않게 찾아볼 수 있다. 그러한 몸들 속에서, 조금만 살이 찌면 눈에 띄게 되어 이상한 사람이 되어버린다.

퇴근 후에는 친구 유주를 만나기 위해 회사 근처 워터바로 향했다.

"어서오세요."

"안녕하세요. 시그니처 워터에 스파클링 추가해서 한 잔 주세요."

"8000원입니다. 메뉴 옆에서 바로 준비해드릴게요."

"네, 고맙습니다."

워터바는 여러 가지 생수를 취급하는 곳이다. 본인의 취향에 맞는 생수를 선택할 수 있고, 믹스할 수도 있다. 향과 스파클링 등을 추가하여 커스텀 워터로 즐길 수 있다. 워터바 역시 SATI가 시중에 풀리면서부터 하나둘씩 생겨나게 되었다. 주문한 물을 가지고 창가에 자리를 잡았다. 창 밖을 멍하니 내다보며 유주를 기다렸다. 10분쯤 지났을까, 저 멀리서 유주가 보였다. 어깨를 축 늘어뜨리고 걸어오는 표정이 무척 지쳐 보였다. 조금만 더 어깨가 처지면 손 끝이 땅에 끌릴 모양새였다. 거의 기어 오던 유주가 나와 눈을 마주치고는 활짝 웃어 보였다.

워터바로 들어와서 주문을 마친 유주가 자리에 앉자마자 나는 뉴스 이야기를 꺼냈다.

"오늘 뉴스로 엄청 떠들썩하더라."

"아, 맞아. 우리 회사도 그랬어. 나는 그 여자 조금 불쌍하다고 생각했는데, 자꾸 그렇게 죽어서 약 파는 거 중단되면 어쩌냐고 걱정하는 사람들도 많더라."

"약 안 팔까 봐 걱정한다고?"

"응, 요즘 안 그래도 저런 사건이 점점 많아지니까 약 판매 반대 시위에 사람이 점점 모이나 봐. 사람들도 아는 거지, 아사하는 게 생각보다 쉽다는 걸."

"하긴 배가 안 고프니까 얼마나 오래 안 먹고 지냈는지 모르겠더라. 까딱 잘못하면 죽는다는 걸 염두에 두고 약을 먹어야 할 텐데."

"그것도 그렇고, 중고등학생들도 그 약 구하려고 불법 거래하고 그러잖아. 다들 쉬쉬했는데 자꾸 사람이 죽으니까 학생들이 무분별하게 약 오남용 할까 봐 무서워진 거지. 학생들이 그 약 아예 못 구하게 하려면 판매 중지밖에는 방법 없다고 생각하는 사람도 많이 늘어났나 봐."

"요즘 평균 신장 다시 작아지고 있다고 뉴스에 계속 나오더라."

원칙적으로 포만감 약은 비만을 진단받은 경우를 제외하고는 미성년자에게 처방을 금지하고 있다. 하지만 중고거래 사이트를 조금만 찾아봐도 많은 학생들이 다른 루트를 통해 약을 구하고 있다는 것을 알 수 있다. 가볍게 샐러드라도 함께 먹을까 했지만, 체중 관리 중이라는 유주의 말에 각자의 알약을 들고 부딪히며 건배를 외친 후에 삼키는 것으로 식사를 대체했다.

집으로 돌아가는 길에 곰곰이 생각을 해보았다. 약이 갑자기 없어진다면 나는 어떻게 식생활을 하게 될지 상상조차 되지 않았다. 내가 성인이 될 무렵 약이 개발되어 이제 고작 10년 정도 약을 복용했을 뿐인데 나의 삶은 너무 많이 달라져 있었다. 어린 시절의 나는 엄마가 차려준 밥을 먹는 것을 좋아했다. 김치의 짜고 매운맛을 좋아했고, 된장찌개의 구수한 맛을 좋아했다. 후라이드 치킨의 바삭한 식감을 좋아했다. 여름에는 아이스크림을 하루에 두 개씩 몰래 먹고 배탈이 나기도 했고, 겨울에는 붕어빵을 호호 불어가며 먹었다. 지금의 어린아이들은 이런 즐거움을 충분히 느끼며 살고 있을까? 갑자기 모든 것이 이질적으로 느껴졌다.

"다녀왔습니다."

"어, 고생했다. 밥은?"

집에 도착했을 때, 부모님은 식사 중이었다. 아빠의 퇴근이 늦어진 탓에 엄마도 함께 늦은 저녁을 먹는 듯했다.

"먹었어요."

"또 약으로 때운 건 아니고?"

아빠가 미심쩍은 표정으로 물었다.

"아니에요. 샐러드 먹었어요."

"샐러드는 배가 안 차잖아. 와서 한술 떠."

"어휴, 놔둬. 약으로 안 때우고 뭐라도 씹어서 삼킨 게 어디야. 이따 배고프면 말해."

"네. 들어가서 쉴게요."

아침에 이어 저녁마저 약으로 대신했다고 하면 또 부모님과 부딪힐 것이 뻔해서 거짓말을 했다. 이런 거짓말은 언젠가부터 일상이 됐다. 10분만 쉬다가 씻어야겠다는 생각으로 침대에 털썩 앉았다. 침대의 맞은편에 있는 거울에 내 모습이 비쳤다. 내가 움직이면 근육의 윤곽이 피부 위로 드러났다. 이리저리 몸을 움직이며 내 몸을 관찰했다.

씻고 나왔더니 약 기운이 떨어지는지 허기가 밀려왔다. 약을 꺼내려다가 거울 속에 비친 나를 다시 들여다보았다. 그리고는 거실로 나가 TV를 보고 있는 엄마를 불렀다.

"엄마."

"왜?"

"나 배고파. 밥 줘."

엄마와 아빠가 동시에 나를 돌아봤다.

"뭐?"

"배고파. 밥 줘."

"어… 조금만 기다려 금방 돼."

오늘 저녁 엄마와 아빠가 먹었던 것보다 더 많은 반찬들이 식탁 위에 올라왔다. 오랜만에 집에서 밥을 먹겠다는 딸을 위해 냉장고에 있는 모든 반찬을 꺼낸 듯했다. 30살 딸의 밥 차려달라는 말이 귀찮을 법도 한데, 어쩐지 엄마는 들떠 보였다. 아빠도 TV에 집중하지 못하고 식탁을 흘끗거렸다.

"야식으로 조금만 먹을 건데, 왜 이렇게 많이…."

"우리 딸 밥 먹는 거 보는 게 너무 오랜만이라서. 당신도 여기 와서 앉아."

"아니야. 나 부담스러우니까 엄마도 가서 TV 봐."

"그래? 그럼 필요하면 불러."

"네."

밥을 젓가락으로 뒤적여보았다. 고소한 밥 냄새가 났다. 한 술을 뜨고, 김치찌개를 한 입 먹었다. 어릴 때 먹었던 엄마의 김치찌개 맛이었다. 그런데 왠지, 씹어서 삼키기가 어려웠다. 이렇게 늦은 시간에 먹는 것도 적응이 되지 않았고, 집에서 밥을 먹고 있는 것도 어색하게 느껴졌다. 한 편으로는 살이 찔까 봐, 뚱뚱해질까 봐 걱정이 되었다. 밥 한 숟가락을 입에 넣으면 지방을 씹고 있는 것처럼 느껴졌다. 이내 속이 거북해졌다. 나는 이제 음식을 즐길 수 없는 사람이 된 걸까? 몇 술 뜨지 못하고 식사를 마쳤다.

"잘 먹었습니다."

"아이고, 뭘 먹은 거야."

처음에 내어주었을 때와 큰 변화가 없는 내 밥그릇과 반찬을 보고 엄마는 핀잔을 놓았다.

"생각보다 배가 안 고팠나 봐. 괜히 차려달라고 해서 미안해요."

"아니야, 조금이라도 먹는 게 좋지."

방으로 들어와서 또다시 거울 속에 비친 내 모습을 보았다. 오늘 야식은 잘 먹고 싶었다. 내가 좋아했던 김치찌개의 맛을 온전히 느끼고 즐기고 싶었다. 하지만 음식의 맛을 즐기는 것이 이제는 나에게 쉬운 일이 아니게 되었나 보다. 옛날에는 먹고 싶은 것을 참는 것이 힘들었는데, 언제부터인가 양껏 먹는 것이 더 힘들어진 것 같다. 음식을 봐도 먹고 싶다는 생각이 잘 들지 않는다. 음식을 보면 칼로리를 먼저 계산하게 되고, 함께 식사하는 사람이 불편하게 느끼지 않을 정도로만 먹게 된다. 음식이 마치 독처럼 느껴진다. 그런 나날 속에서 살았는데, 오늘은 이상했다. 침대에 누워서도 계속 뒤척였다. 잠이 오지 않았다. 뉴스에서 SATI가 등장하며 극단적인 식이조절로 생긴 여러 부작용에 대해서 보도했던 것이 떠올랐다. 각종 질병부터 불임, 사망사건에 이르기까지 모아 보면 꽤 다양한 부작용들이 나타나고 있었다. 나는 이런 기분을 참지 못하고 유주에게 전화를 걸었다.

"유주야, 나 SATI 줄여볼까 봐."

"뭐? 왜?"

유주는 짜증이 난 듯한 목소리로 대답했다. 나는 오늘 집에 돌아와서 있었던 일들과 생각을 대강 털어놓았다.

"나라야, 이건 너를 진짜 생각해서 하는 말인데 나는 너를 어릴 때부터 봤잖아."

"응."

"너도 나도 옛날에는 통통했잖아. 놀림도 많이 받고 말이야. 그러다 SATI가 나오고 나서야 우리는 살찌는 스트레스에서 벗어났어. 살쪘다고 위아래로 흘겨보는 타인의 시선에서 벗어난 거라고. 지금 약 끊겠다는 건 진짜 그냥 미친거야. 다시 그때로 돌아가고 싶다는 거야?"

가슴을 뾰족한 무언가로 쿡 찌른 듯했다. 유주의 말은 전부 사실이었다. 속에서 무언가 치밀어 오르는 듯 열이 올랐지만 딱히 반박할 말이 없었다.

"돌아가고 싶지는 않지. 그렇지만 지금은 옛날에 가지고 싶어했던 몸보다 훨씬 더 말랐잖아. 내가 원했던 날씬함을 넘어섰다고."

"그때의 날씬함의 기준은 그거였고, 지금은 기준이 바뀌었잖아. 왜 더 힘들고 안 좋은 길을 가려고 해?"

"그냥⋯ 그냥 내가 음식을 먹어야겠다고 생각했을 때도 새 모이만큼 밖에 먹을 수 없다는 게, 이게 너무 싫은데⋯ 나도 어떻게 해야 할지를 모르겠어."

"너 윤 모 씨 일 때문에 그래? 그건 안 된 일이지만 그 사람이 운이 나빴던 것뿐이야."

"⋯"

"어? 우리한테 일어나지 않을 일이라고."

"응⋯."

"나는 네가 기술의 발전을 누릴 수 있는 만큼 누렸으면 좋겠어. 굳이 어려운 길로 돌아가지 말고. 우리 아직 젊고, 별 문제없잖아."

유주에게 혼나다시피 하고 전화가 끊겼다. 물론 나 또한 유주의 말대로 SATI를 복용하다가 죽을 것이라고는 생각하지 않는다. 하지만 사회의 흐름이 점점 비정상적으로 느껴졌다. 약을 줄여보겠다는 말에 곧바로 발끈하는 유주. 물론 나를 걱정하는 마음에서 비롯된 반응이라는 걸 안다. 하지만 우리가 약에 너무 의존하고 있다는 생각에서 자유로울 수 없었다.

이후로, 나는 될 수 있으면 저녁 식사는 음식으로 먹으려고 노력했다. 친구들을 만날 때도, 워터바에서 약속을 잡더라도 간단한 간식을 함께 먹었다. 먹은 것을 모두 토할 때도 있었고, 속이 안 좋아질 때도 있었다. 복합적인 이유로 충분히 먹을 수는 없었지만 음식을 먹으려 노력했다. 저녁 식사보다 점심 식사를 음식으로 먹는 것이 체중 조절에는 더 유리하겠지만 회사 사람들이 유주처럼 나를 특이하다거나 이상하다고 생각할까 봐 무서워서 저녁에 최대한 먹어보는 것으로 결심했다. 섭취하는 음식만큼 몸에 살도 점점 붙었다. 그런 내 몸을 보며 고민을 하는 나날이 이어졌다. 살이 찌고 있다는 사실이 우울하게 느껴질 때는 다시 저녁을 대체하여 약을 복용하기도 했다. 그렇게 나의 일상은 흘러갔다. 그래도 조금씩 변화를 시도하며 건강한 방향으로 내 삶을 끌어가고 있다는 뿌듯함이 밀려왔다. 그러던 어느 날, 유주에게 전화가 왔다.

"어, 웬일이야?"

유주는 아무 말도 하지 않았다. 휴대폰 너머에서 미세한 흐느낌이 느껴졌다.

"유주야, 왜 그래. 무슨 일 있어?"

"나라야, 나 어떡해. 너무 가려워."

유주는 한참을 흐느끼다가 말을 이어갔다.

"색소성 양진이래. 왜 나한테만 이런 일이 생긴 걸까."

"유주야, 기다려. 내가 오늘 퇴근하고 너희 집에 잠깐 들를게."

"응. 고마워."

색소성 양진이라는 병은 뉴스에서 종종 들었다. 병인이 정확하게 밝혀지지는 않았지만 SATI가 보편화되면서 젊은 여성들에게 호발한다고 얼핏 들은 기억이 있다. 아마 유주도 식이조절 때문에 병을 얻은 것이 아닐까 추측해보았다.

일단 잘 먹는 것이 중요할 것 같아서 유주네 집에 가는 길에 분식집에서 떡볶이와 순대를 포장했다. 편의점에 들러 레토르트 식품도 보이는 대로 몇 가지 담아 계산하고 유주의 집으로 발걸음을 재촉했다. 집에 도착하니 유주는 에어컨도 틀지 않고 긴팔 옷을 입고 있었다. 드러나 보이는 목에는 붉은 반점이 펼쳐져 있었다.

"유주야, 너 어릴 때 좋아하던 떡볶이 사 왔어. 일단 이거 먹자."

"나라야, 나 무서워. 이거 치료해도 흉터가 남는대. 그리고 재발도 잘 된대."

"그러니까, 이제 잘 먹어서 다시는 재발하지 않게 해야지!"

"무서워. 다시 뚱뚱해지면 어떡해? 너도 알잖아. 나 어릴 때 통통해서 놀림 많이 받았던 거."

"잘 먹고, 운동 열심히 하면 괜찮을 거야, 유주야. 걱정하지 말고 일단 치료받자."

"약 받아왔어. 약 먹으려면 밥 먹어야 되니까 당연히 밥 잘 먹어야 되는 것도 알고, 다 낫고 나서도 잘 먹어야 재발하지 않을 거 아는데 나는 그냥 무서워. 나만 살찌는 게 무서워."

두려움을 호소하는 유주에게 해줄 수 있는 건 등을 토닥이며 이야기를 들어주는 것 밖에 없었다.

가까스로 진정된 유주에게 음식을 권했지만 유주는 떡 세 개와 순대한 개를 먹고는 배가 부르다고 말했다. 유주도 내가 지난번 야식을 먹을 때처럼 왠지 모를 거부감을 느꼈겠지. 나는 유주를 이해한다는 듯 눈을 마주치고 어색한 웃음을 지어 보였다. 유주의 집을 나서기 전, 유주에게 잘 챙겨 먹어보기로 노력하겠다는 약속을 받아냈다. 이 약속을 받아내는 것 또한 쉽지 않았다. 내가 음식을 먹으려 노력한 이후로 조금 살이 붙은 내 모습을 보았기에 유주는 더 두려워하는 것 같았다. 함께 건강해져 보자고 한참을 설득한 후에야 약속을 받아낼 수 있었다.

나도 더 열심히 노력해야겠다고 결심했다. 지금까지는 괜찮았지만 앞으로 색소성 양진이 아닌 다른 질병으로부터도 안전하지 않을 것이라는 생각이 스쳤다. 유주의 병 때문에 식사량을 더 늘려야겠다고 다짐하기는 했지만, 이는 결국 나 자신을 위한 일이다. 아침에는 바쁘니까 그렇다 치더라도, 저녁에 이어 점심에도 식사를 조금씩 시작하기로 결심했다.

집에 돌아와서 부모님께 식사량을 더 늘려볼까 한다고 말했다. 부모님이 환하게 웃었다. 최근에 본 중에 가장 환하게 웃는 모습이었다. 유주의 이야기는 전하지 않았다. 그 이야기를 전하면 SATI를 당장 끊으라고 할 게 뻔해서였다. 사실, 나도 자신이 없다. SATI를 한 번에 끊고 식사로 끼니를 모두 해결하며 날씬한 몸을 유지할 자신이. 지난번 야식을 먹을 때도, 오늘 유주와 떡볶이를 먹을 때도 그리 즐겁지는 않았다. 저녁에 조금씩만 식사량을 늘렸는데도 살이 찌기 시작한 것이 사실은 무서웠다. 그래도 꼭 필요한 과정이라고 생각하며 마음을 다잡았다. 지금 살이 조금 붙었다 해도 남과 비교하지 않는다면 신경 쓰지 않아도 될 정도였다. 오히려 건강한 몸에 조금 더 가까워진 것이라고 스스로를 다독이며 내일부터는 점심에 먹을 도시락을 싸가야겠다고 결심했다. 이를 위해서 주말을 이용해 요리 연습을 하기로 했다. 내 요리실력이 어느 정도 향상될 때까지는 엄마의 도움을 받아 도시락을 준비하기로 했다.

다음 날, 점심시간이 되었다. 나는 떨리는 마음으로 가방에서 도시락 통을 꺼냈다.

"양 대리님, 사랑방⋯."

말을 꺼내던 선희씨가 내 도시락 통을 보고는 흠칫 놀랐다.

"아, 저 도시락 싸와서 이거 먹고 갈게요."

"아⋯ 네, 알겠습니다.'

사무실 내에서 도시락을 먹는 사람은 나뿐인 것 같았다. 점심시간에 밥을 먹는 몇 안 되는 사람들은 모두 사무실을 나갔다. 도시락 뚜껑을 열어보니 김밥이 들어있었다. 왠지 모르게 웃음이 났다. 어릴 적 소풍을 가서 친구들과 나누어 먹었던 김밥이 생각났다. 어렴풋이 웃음을 지으며 김밥을 입에 넣었다. 김밥에 대한 추억이 떠올라서인지 더 맛있게 느껴졌다. 지금까지 밥을 먹으려고 계속해서 노력했지만 살이 찔 것이라는 불안감 속에서 먹었던 밥은 사실 먹었다는 표현보다는 꾸역꾸역 집어넣었다는 표현이 더 잘 어울릴만한 행위였다. 그런데 오늘 이 김밥은 참 맛있게 느껴졌다. 김밥 위 깨가 씹힐 때의 고소함도 느낄 수 있었고, 여러 가지 재료가 한 번에 씹히면서 만들어내는 맛이 조화롭다고 느껴졌다. 작은 도시락 통에 있던 김밥을 거의 비워냈다. 책상 위 거울 속에 비친 내 입꼬리가 미묘하게 올라가 있었다.

식사를 마치고 사랑방에 들어가자 팀원들의 이야기 소리가 멈췄다. 아마 내 이야기를 하고 있었겠지.

"양대리님, 오늘 도시락 드셨다면서요? 어디 안 좋으세요?"

걱정된다는 목소리로 지호씨가 물어봤다.

"아, 아니요. 그건 아니고, 먹는 즐거움을 다시 조금 느껴보고 싶어서요."

"에이, 대리님. 먹는 즐거움 말고도 즐거운 일이 얼마나 많은데요! 저는 쇼핑하는 게 그렇게 좋다니까요. 가장 작은 사이즈가 나에게 클 때의 그 희열!"

선희씨가 대답했다. 아무래도 이 자리에 있는 대부분의 팀원들은 내가 SATI를 복용하지 않고 식사를 하는 것 자체를 의아해하는 듯했다. 몇몇 사람들은 이런 나를 유별나다고 생각하고 고까운 시선으로 보는 것 같기도 했다. 하지만 내가 걱정했던 시선들이 그리 대수롭게 느껴지지 않았다.

퇴근길에 지호씨와 엘리베이터를 같이 탔다.

"대리님."

"네?"

"저는 대리님 지금 모습이 좋은 것 같아요."

"네? 뭐가요?"

"몇 달 전보다 조금 살이 찌셨나 싶기는 한데요, 저는 지금 모습이 훨씬 생기 있어 보이는 것 같아요. 진짜, 진심이에요. 더 특별해 보이고 좋은 것 같아요."

지호씨는 두 손의 엄지를 치켜들며 꽤나 진심인 듯 말해주었다.

"아, 고마워요. 잘 들어가요."

"네, 내일 뵙겠습니다."

지호씨의 말이 따뜻하게 다가왔다. 생기. 생기라는 단어를 들어본

게 참 오랜만이었다.

집에 도착해서 부모님한테 도시락 통을 열어서 보여주며 자랑했다. 나도 내 행동이 웃긴 것을 인지하고 있었지만 이게 뭐라고 기뻤다. 오늘의 밥은 맛있었다고도 덧붙였다. 마치 어릴 때로 돌아가 밥 다 먹었다고 칭찬해달라는 아이처럼 나는 그렇게 자랑을 했다.

"내일도 도시락 싸갈 거지? 맛있는 거 싸줄게."

나의 자랑을 다 들은 엄마도 어이없다는 듯이 웃으며 내일의 도시락에 전의를 불태웠다.

방에 들어가서는 유주에게 전화를 걸어 다짜고짜 자랑을 했다.

"나 오늘 점심 도시락 거의 다 먹었어."

"와… 대단하다. 잘됐다."

유주는 어쩐지 힘이 없는 목소리로 대꾸했다.

"뭐야, 목소리가 왜 그래? 무슨 일 있어?"

이야기를 들어보니 유주는 음식을 먹는 대로 다 게워낸다고 했다. 본인도 그러고 싶지 않은데 쉽지 않다고 했다. 아마 본인이 음식을 섭취하면 그대로 다 살이 될 것 같은 느낌 때문이겠지. 유주는 병원에 가서 상담을 받아볼 예정이라고 했다. 유주의 증상이 개선될 수 있는 방법은 뭘까? 유주에게 도움이 되고 싶어서 여러 방향으로 서칭을 시작했다.

1시간 정도 인터넷을 뒤지다 보니 '맛의 탐구'라는 이름의 원데이 클래스를 찾을 수 있었다. 나는 당장 가장 빠른 주말에 예약을 하고, 유주를 데리고 갔다.

"안녕하세요, 오늘 여러분과 맛 탐구 여행을 떠날 이진입니다. 오늘 먹어볼 음식들은 여러분 앞에 미리 준비해두었는데요, 하나씩 같이 먹어보면서 맛을 끝까지 느껴보도록 하겠습니다."

나와 유주 앞에는 작은 빵부터 시작해서 채소, 과일, 그리고 소스가 있는 음식들까지 조금씩 다양하게 준비되어 있었다.

"가볍게 빵부터 시작해보겠습니다. 앞에 보시면 크루아상이 준비되어있을 겁니다. 같이 먹어보겠습니다. 어떤가요? 바삭한 식감이 잘 느껴지나요? 조금 더 씹다 보면 고소한 풍미가 느껴질 겁니다. 느껴지나요?"

"네."

수강생들이 입을 모아 대답했다.

"그러면 조금 더 꼭꼭 씹어보겠습니다. 곧 단맛이 느껴질겁니다. 그 맛을 음미하며 최대한 오래 씹어봅시다."

신기하게도 계속해서 저작운동을 하다 보니 단맛이 느껴지기 시작했다. 옆을 보니 유주도 상당히 흥미로워하며 수업을 따라가고 있는 듯했다. 평소에 음식을 먹을 때는 이렇게 맛을 음미해본 적이 없었다. 조금 씹다가 삼켰기 때문에 맛을 제대로 느낄 새가 없었나 보다. 원래 알던 음식들이었지만 천천히 씹으며 맛을 느끼는 과정이 흥미로웠다.

"오늘 수업 어땠어?"

"재미있었어. 신기하기도 하고. 신경 써줘서 고마워, 나라야."

"다행이다. 그리고 저번에 너희 집에서 봤을 때보다 훨씬 좋아 보인다."

"응, 나 노력하고 있어. 상담 갔었는데 내가 지금의 몸매에 너무 집착을 하나 봐. 그래서 음식이 지금의 내 몸을 망칠 거라고 생각해서 거부감이 있는 거라는 결론이 났어. 음식을 먹으면 뚱뚱해질 거라는 그 생각을 버려야 할 것 같아. 그래서 요즘 색소성 양진 발병했던 사람들 모임에 나가서 극복한 이야기도 들어보고 그렇게 살고 있어. 다들 생각보다 날씬하더라. 나도 음식 먹고 운동하면서 그 사람들이랑 같이 극복해보려고."

유주의 생각도 조금씩 바뀌어가고 있었다. 이렇게 말해도 되는지는 모르겠지만 색소성 양진이라는 병이 유주의 몸을 살렸다. 유주가 단식으로 인해 더 큰 병을 앓기 전에 본인의 몸을 돌볼 수 있도록 해 준 것이다. 우리는 이제 음식 섭취의 중요성을 절실히 안다. 앞으로도 우리와 같은 사람들이 계속해서 늘어나면 좋겠다.

다사다난했던 한 해를 마무리하고, 새해가 밝았다. 그동안 나는 밥을 먹는 것에 더욱 익숙해졌다. 이제는 점심 도시락을 엄마의 도움 없이 스스로 싸서 다닐 수 있게 되었다. 회사에서 내 도시락을 함께 먹고 싶어 하는 사람은 여전히 없지만 빤히 쳐다보는 시선은 많이 없어졌다. 내가 도시락을 먹는 게 자연스러운 풍경이 되었나 보다. 나에게 대놓고 살이 쪘다고 말하는 사람들도 있는가 하면, 지호씨처럼 응원을 해주는 사람도 많이 생겼다. 그렇다고 그들이 밥을 챙겨 먹는 것 같지는 않지만.

퇴근 후 친구들과의 약속을 위해 광화문을 지나갔다. 평일인데도 SATI 반대 시위가 한창이었다. 이 사람들도 저마다의 이유로 이 자리에 나와 있는 거겠지. 이 시위를 통해 SATI의 처방이 금지되는 날이 오게 될까? 나는 이 약이 금지되기보다는 필요할 때만 처방받아서 복용할 수 있는 약이 되면 좋겠다. 금식을 해야 할 상황에서 효율적으로 복용하거나, 비만 등의 질병을 치료할 때 사용될 수 있으면 좋겠다. 더 많은 사람들이 다시 먹는 즐거움을 느낄 수 있었으면 좋겠고, 좋은 날에는 맛있는 식사 한 끼를 할 수 있었으면 좋겠다.

모르겠다, 이렇게 음식을 먹는 즐거움을 되찾고, 지금의 세상에서 평범하지만은 않게 살아가는 것이 정답인지는. 하지만 지금의 나에게는 이게 정답이라는 생각이 든다. 가끔씩 SATI의 도움을 받아 효율적으로 시간을 사용할 수도 있겠지만 이 약에 다시 의존하고 싶지는 않다. 사람들이 흘끗거릴 만큼 살이 찌지 않게, 철저하게 운동하고 관리해서 SATI 없이도 예쁜 몸을 유지할 것이다. 내 인생의 매 순간이 내 몸매의 리즈시절일 수는 없겠지만, 그 또한 나의 모습이니까 나를 더 사랑해주려고 노력할 것이다.

회기

이상윤

이상윤　　누구에게나 자신도 깨닫지 못한, 혹은 알면서도 모른 척 해왔던 복잡한 진심이 숨겨져 있다 생각합니다. 입에 올리면 별일이 아닐 수도 있지만, 깊이 숨겨야 했던 비밀 같은 것 말이죠. 소설을 쓰겠다는 다짐은 저에겐 그런 일이었습니다. 글-ego 첫 모임에서 어른이 된 이후론 처음으로 손 끝까지 떨리던 그 순간을 잘 간직하겠습니다. 그리고 제 이야기 속 주인 공도 모른 척 지나친 작지만 자신에겐 별일이었던 무언가를 용기 내 마 주보려 합니다.

instagram: @leessang1751

brunch: 노래하는이자까야

2년 만이다. 건물 몇 채와 도로가 눈에 들어오고 얼마 안가 정거장에 버스가 멈춰 선다. 짐칸에 실었던 캐리어는 버스 기사의 도움으로 겨우 꺼낼 수 있었다. 큰 짐은 따로 부쳤으나, 앞으로 얼마 동안이나 여기에 머물지를 몰라 26인치 캐리어를 또다시 꽉 채우고 말았다. 그래서인지 캐리어 바퀴는 보도블록에 걸려 덜커덕거리다 멈추기를 반복한다. 어스름한 저녁 무렵이라 바람이 꽤 선선했지만 이마와 관자놀이 옆으로는 땀이 몇 방울 흘렀다. 겨드랑이도 축축했다. 몇 걸음을 더 걷다 보니 잊고 있던 비릿한 바다 냄새가 끼쳐온다. 그제야 오늘부터 지낼 원룸의 창으로 멀리 작게나마 바다가 보인다는 게 떠올랐다.

열 평이 안 되는 작은 원룸이지만 나는 그 공간을 꽤 좋아했었다. 현관문을 열고 나가면 바로 수현이 지내던 방이라 필요한 게 있으면 쉽게 얻을 수 있었다. 운 좋게도 여기 세입자가 얼마 전에 나간 터라 방을 새로 구하려 발품을 팔지 않아도 되었다. 집주인에게 미리 양해를 구하고 조금 높은 월세를 내더라도 여기에서 지낼 수 있으면 좋겠다고 부탁했다. 그리고 회사 사정만 들어맞는다면 좀 더 오래 있을 참이다.

"이 대리, 이번 건은 이 대리가 책임을 지는 게 남들이 보기에도 좋겠어"

처음 여기에 온 건 3년 전이었다. 막 30대에 접어들었던 나에게 그 전까진 크게 어려운 일이 없었다. 그렇다고 엄청난 성공을 했던 것도 아니고 그저 서울에 그럴싸한 대학을 다니다 남들이 아직 취업 걱정할 시기인 4학년 2학기에 내가 원하던 기업 중 한 군데에 순조롭게 입사한 것뿐이었다.

이후 과장 진급을 코앞에 두고 생각지도 못한 지방 발령을 받게 된 계기는 더 뻔했다. 아버지가 이 기업의 임원 중 한 명이라는 우리 팀 신입사원의 거래명세서 계산 실수, 그리고 평소엔 나를 밀어준다며 본인의 일을 내 일처럼 여기라던 팀장의 무책임. 이 두 가지가 잘 어우러져 중간에 있던 내가 회사의 손실을 책임져야 했다. 회사 측에선 이 문제로 나를 자를 수도 있지만 지금까지 직원으로서 해온 것들을 감안해서 지방 발령 정도로 끝내겠다고 통보했다. 보통 이 정도 발령이면 얼마 못 가 다들 그만둔다고들 했다. 나는 그러고 싶지 않았다.

하지만 본사 재무팀에 있던 내가 지방 공장에서 할 수 있는 건 별로 없었다. 5년 동안 각 부서 재무 상태를 확인하고 회사 돈을 쓰게 해줄지 말지 도장을 찍는 게 업무였던 나는 그 보고서 안에 쓰여 있는 천한 쪼가리가 어떻게 만들어지는 건지는 잘 알지 못했다. 그저 전임자가 발주했던 재료 수량 그대로를 복사 붙이기 하듯 기입해 명세서 보내는 일 정도만 하면 될 일이었다. 공장 사람들도 내가 불편하긴 마찬

가지였다. 진급 누락 후 발령받은 이유가 훤히 보이는 젊은 여자 직원에게는 아무도 관심을 가지지 않았다. 처음에는 악바리처럼 여기에서도 살아남는 방법을 찾아보겠다는 마음이었지만, 딱 한 달 만에 그런 마음은 사라지고 그저 월급이나 다달이 받다가 이직을 하거나 운 좋으면 다시 본사 어중간한 팀으로 발령이 나지 않을까 하는 생각이었다.

한 달 동안 9시부터 6시까지 시간 때우기가 전부였던 나에게 처음 주어진 업무는 의외로 공장 경리를 새로 뽑는 업무였다. 여기에 계약직 경리가 들어와서 할 일은 반했다. 공장 돌아가는 일이야 10년, 20년 경력의 생산직들이 빽빽하니 그들이 알아서 할 일이었고, 경리는 회사 비품이나 사다 나르고 아저씨들이 먹는 점심 밥값이나 잘 계산하면 될 일이었다. 그래도 꼴에 서울에서 왔다며 콧대 높은 나한테는 자기들 심부름 시키는 게 불편하니 새로 사람을 뽑으라는 것이었다.

그때 수현이를 처음 만났다. 그러니까 수현은 내 손으로 뽑은 직원이었다. 내 사촌동생과 또래였던 그는 살짝 까무잡잡한 피부에 어깨까지 오는 단정한 외모를 가졌지만 그다지 눈에 띄는 첫인상은 아니었다. 대신 잘 다려 입은 셔츠의 반듯한 소매 그리고 가지런하게 의자에 올려 둔 가방이 눈에 들어왔다. 차분해 보이는 외모에 비해 비교적 높은 톤의 목소리가 활기차게 느껴졌다. 수현은 공장과 가까운 지역에서 전문대를 졸업하고 막 처음으로 취업을 하고자 여기에 오게 된 거였는데 공장이긴 하지만 그래도 큰 회사 이름을 걸고 있는 곳이니 그에겐 나름 의미 있는 첫 직장이었을지 모른다.

공장 구석에 열 평정도의 사무실이 공장장과 나 그리고 수현 세 사람이 일하는 곳이다. 공장장은 보통 현장 직원들을 감독하느라 나가 있었고 나와 수현이 사무실을 지켰다. 수현은금방 적응을 하는 아이였다. 깔끔한 인상만큼이나 일도 나름 꼼꼼하게 잘 배워 나갔다.

둘을 빼고는 공장에 남자들이 대부분이라 우리는 금방 가까워질 수밖에 없었다. 매일 남자 직원들 틈에 섞여 김치찌개나 부대찌개를 먹었던 나는 수현을 가까운 시내로 데리고 나가 스파게티로 점심을 먹고 카페에 들러 아메리카노를 마시면서 이 정도라면 서울에서 했던 회사 생활과 얼추 비슷하다는 생각도 하곤했다. 동네 사정을 잘 알던 수현은 자취방의 치안이 걱정된다는 나에게 자기가 지내는 원룸의 앞 호실이 비었다며 친분 있던 복덕방을 소개해주기도 했다.

이 공장은 본사에서 개발한 신소재 원단을 생산하는 곳이다. 원단이라 하면 우리가 입는 옷 정도만 떠올릴 수 있지만 알고 보면 우리가 생활하는 모든 곳에 원단이 들어간다. 의류는 물론이고 이불, 소파, 가방 그리고 하다못해 반창고나 마스크에까지 원단이 필요하다.

수현이 공장에 들어온 지 몇 개월이 지났을 때쯤, 본사에서는 운동복에 리사이클링 신소재를 접목시킨 사업을 시작했고, 그때부터 공장도 바빠지기 시작했다. 그때쯤 수현이와 꽤 가까워졌고 공장으로 출근하는 것에도 익숙해진 터라 오랜만에 생긴 새 업무에 나는 조금 들뜨기 시작했다. 가장 먼저 할 일은 새로운 공정을 익히고, 공장에 들여올 새로운 설비를 알아보는 거였다. 내가 기계를 만질 일은 없겠지만 발주를 넣고 구매해야 하는 물건이니 최소한 어떤 기계인지 알아야 했다.

공장에 일이 늘어나니 일손 하나하나가 아쉬웠다. 수현은 그저 사무실에 오는 손님들 커피를 타거나 탕비실 물건을 채우는 일을 해왔었지만 아까운 인력 한 명을 낭비할 수 없다는 생각이 들어 원래 내가 맡았던 발주 등 몇몇 업무를 하나씩 수현에게 알려줬다. 아예 일을 다 맡겨버릴 수는 없었지만 점차 수현이 쓴 명세서를 내가 컨펌만 해주는 정도로도 공장이 잘 돌아갔다. 그때쯤 서울 본사에서 공장 담당자와 협의할 일이 있으니 한번 출장을 오라는 연락이 왔다. 공장장은 자리를 비우기 어려운 상황이라 내가 가게 됐고, 나는 내 업무를 나눠하던 수현을 데리고 가게 됐다.

6개월 만에 찾은 20층짜리 본사 건물은 너무 화려했다. 건물 안에 있을 때는 풍파로부터 나를 지켜줄 것만 같은 든든한 벽이었는데 지금은 그저 위화감이 들뿐이다. 건물 안에 입장하는 것부터 쉽지 않았다. 아직 본사 출입증을 가지고 있어서 나는 들어갈 수 있었지만 처음 오는 '외부인'인 수현은 로비 안내데스크에서 신분증을 출입증으로 교환하고 건물에 온 이유와 목적을 꼼꼼히 적어야 했다. 수현에게 출입장부 작성 방법을 알려주고 기다리고 있는데 안내 직원과 뭔가 문제가 생긴 듯했다.

"외부인은 내부 출입이 어렵습니다"

"오늘 회의가 있어서 미리 이름과 연락처도 등록했어요"

"미리 등록하셨어도 안 됩니다. 지난달부터 출입 절차가 바뀌었어요"

본사 직원에게 전화를 걸어 물어보니, 자기는 출입 등록을 해 뒀다고 대답할 뿐, 본인도 왜 안되는지 정확히 모르는 투였다. 데리고 온 공장 계약 직원 하나가 들어오지 못하는 일에는 별 관심이 없는 듯했다. 예전에 친했던 재무팀 직원에게 급하게 연락을 했다. 자초지종을 들어보니 최근 신사업을 많이 시작해 보안 차 외부인 방문이 금지됐다는 것이다.

"외부인이 아니라 공장 직원인데, 그래도 안 되는 거야?"

"응, 그렇다고 하더라고, 처음 건물에 오는 사람은 미팅도 밖에서 하라는 지침이 내려왔어. 그냥 여직원은 밖에서 기다리라 하고 혼자 들어와, 공장에서는 이 대리가 담당이라고 하던데"

결국 새벽부터 세 시간이 걸려 도착한 본사에 수현은 입장할 수 없었다. 나는 근처에 오래 있을만한 장소를 일러주고 혼자 회의실로 향했다.

처음 시작하는 사업이라 그런지 정할 것들이 많아서 회의시간은 꽤 길어졌다. 점심시간 전까지 한두 시간이면 끝날 줄 알았지만, 결국 회의에 참여한 사람들과 점심을 먹게 됐다. 수현에게 같이 먹자 했지만 그냥 밖에서 혼자 먹는 게 낫겠다고 했다. 내 생각도 마찬가지이긴 했다. 나는 본사에 있을 때 오며 가며 얼굴을 익혔던 사람들이라 불편하지 않았지만 회의에 참여하지도 않은 수현이 처음 보는 사람 네댓 명과 함께 밥을 먹는 게 불편할 거라 여겼다. 결국 회의는 오후 네 시를 훌쩍 넘기고 끝이 났다.

돌아오는 버스 안, 멋쩍게 웃으며 그냥 서울 놀러 온 셈 치겠다는 수현에게 안타까운 마음이 들었다. 처음 공장으로 향하던 날의 내 모습이 보였던 걸까. 내 기분을 읽은 탓인지 수현은 나에게 살갑게 물었다.

"대리님, 오늘 서울에서 보니까 멋지네요. 원래 여기에 다니다가 공장으로 오신 거죠?"

"응, 멋지긴 뭘. 저 회사도 건물만 번지르르하고 돌아가는 건 공장이 더 낫다고 봐"

"저런 회사 들어가려면 다 서울에서 4년제는 나온 사람들이겠죠?"

"꼭 그런 건 아니야. 팀 소속으로 들어오는 파견직도 있고 가끔 지방 공장에서 계약직으로 파견되는 경우도 있고. 왜, 서울에서 일해보고 싶어?"

"그건 아니지만..."

수현은 말끝을 슬쩍 흐렸다.

"이번 신사업이 좀 크게 돌아갈 것 같아. 우리 공장도 꽤 중요한 파트를 맡을 것 같은데 나랑 같이 열심히 해보자. 아마 하다 보면 이쪽 회사 일이 맞는지 어떨지 감이 좀 올 거야"

그날 이후, 신소재 사업은 꽤 큰 규모로 진행되기 시작했다. 개발팀 내에선 과거 내 사수이자 꽤 능력이 좋았던 선배가 담당 팀장으로 일을 추진하게 됐고, 나도 개발팀원은 아니지만 공장 사업 담당자로 당당히 기획안에 이름을 올렸다.

개발 중인 원단은 폐플라스틱에 이물질 제거와 분쇄 과정을 거쳐 제작하는 리사이클링 운동복 원단이다. 지금까지 많은 원단을 생산해왔지만 업계 내에서 보수적이고 변화 없는 기업으로 여겨졌던 회사에서 이번에 제대로 한 번 젊은 사람들 입에 맞춘 원단을 만들어보겠다는 생각으로 시작된 사업이다. 이런 일은 바로 큰 매출로 이어지지는 않더라도 적당히 잘 시작만 한다면 홍보 효과를 톡톡히 누릴 수 있는 종류의 기획이고, 더불어 담당자들도 무난히 회사 내 더 높은 자리를 안전하게 보장받을 수 있는 일이었다.

수현에겐 일을 가르치며 신소재 사업이 돌아가는 과정을 꼼꼼히 설명해주었다. 물론 이번 일이 대박이 난다 한들 일개 공장 직원인 수현이 본사로 취직하게 될 가능성은 적었다. 하지만 내가 서울로 발령이 나고 후에 팀장 진급을 하게 된다면 파견회사에 소개해주는 정도는 끌어줄 수 있을 것 같았다.

나 또한 공장에 와서 새로 접하는 것들이 많았다. 아무래도 본사 개발팀은 대부분 화학이나 기계 관련 졸업자들이 많았고 나도 개발팀에 내 자리가 있을 거라는 생각을 해본 적이 없었는데 어쩌면 이번 일이 나에게 금의환향이 될 수도 있다는 작은 기대감이 들었다.

얼마 안 가 공장에는 폐플라스틱 칩을 원사로 재생산하는 기계가 들어왔다. 기존에 폴리에스터 원단 정도만 만들 수 있던 기계에서 한 단계 발전시켜 운동복용 특수 탄력 실을 뽑아낼 수 있는 기계이다. 공장 직원들에게도 공정과정과 신사업에 대한 교육이 시작됐고, 공장장도 기계 설치며 새로운 공장 직원들을 뽑느라 바빴다. 나는 서울 팀이 공장에 내려올 때면 수현을 꼭 대동시켰다. 담당 팀장에게 수현의 얼굴이라도 인지시킬 요량이었다.

"선배, 공장에서 재무 담당하는 직원이에요. 일을 꽤 잘해서 도움 많이 받고 있어요. 이 지역 출신이라 공장 직원들이랑도 금세 잘 지내더라고요."

"안녕하세요. 남수현입니다. 대리님이 잘 챙겨주셔서 재밌게 일 배우고 있어요."

"공장 직원이 처음부터 큰 일 같이 하네. 이대리가 서울에 있을 때도 사람들 야무지게 잘 챙겼어. 여기 사람 알아두면 이대리가 나중에 서울 올라와도 서로 편하게 연락하며 지내기 좋겠네. 이래서 공장에도 내려와보기는 해야 한다니까. 어때? 신사업 개발이 재무팀보다 몸 쓸 일은 많아도 재밌지 않아?"

수현을 소개해 주려고 꺼낸 말이었지만, 자연스레 나와 팀장의 대화로 이어졌다.

"네, 재무팀에선 현장 나와 뛸 일이 없었는데 해보니 나름 보람 있을 것 같아요. 이번 일이 잘 돼야죠. 열심히 해볼게요. 선배."

공장장과 나, 수현이 몇 개월 동안 밤잠을 아껴가며 새 공정 준비를 마쳤다.

기계에 폐플라스틱을 가공한 바삭바삭한 칩을 넣으면 쫀쫀한 새 원사가 뽑아져 나왔다. 오랜 경력의 공장 직원들은 새로운 원사도 능숙하게 원단으로 뽑아냈다. 우선은 샘플용 원단을 뽑아 일주일에 한 번씩 본사에 넘겼다. 그렇게 넘긴 샘플 색깔만 수백 가지였다. 본사에서는 대대적으로 새로운 원단 개발 홍보를 시작했다.

　몇 년 동안 재활용 의류 사업이 전 세계적인 추세로 자리 잡았다. 연간 글로벌 플라스틱 생산량은 4억 6천만 톤, 매일매일 버려지는 플라스틱을 재생산해 최초로 리사이클링 운동복을 만드는 기업. 비건을 하며 바디프로필을 찍는 요즘 이삼십 대 사람들의 관심사에 충족되는 내용이었다. 뉴스나 아침방송에서 슬슬 취재 연락이 오기도 했다. 상무급 임원이 친히 공장으로 내려와 인터뷰를 했고, 공장장은 어색한 얼굴로 카메라 앞에 나서서 새 원단을 양쪽으로 잡고 쭉쭉 늘려보는 쇼맨십을 발휘했다.

　사업이 점차 진행될 때쯤 원재료 공급에 슬슬 문제가 생길 기미가 보였다. 폐플라스틱 수입 규제가 생기면서 초기 사업 구상 때는 크게 문제없었던 해외 원재료 수입에 차질이 생긴 것이다. 한국에도 폐플라스틱이 매일매일 버려지지만 국내 생산 페트병 공급처는 다른 기업과의 구입 경쟁이 큰 탓이었다. 하지만 더 큰 문제는 따로 있었다. 공장 밀집 지역인 구미, 대구에서 화물연대 파업 소식이 돌기 시작한 것이다. 본사 직원들과 연락을 할 때마다 다른 사업에 물류 문제가 생겨 진행이 어려워질 것 같다는 얘기를 심심치 않게 들었다.

　얼마 후, 우리 공장에도 이따금 플라스틱칩이 늦게 들어오는 일이 생겼다. 다행스럽게도 아직 시범 단계 사업이라 많은 물류이동이 필요하지 않아 큰 문제는 겨우겨우 넘어가고 있었다.

　"A사는 이번 파업 때문에 아예 구미 공장을 며칠 닫았대. 대문 앞

에 화물기사들이 있어서 어차피 공장을 돌려도 가지고 나가질 못한다
잖아"

"그래서 어떻게 됐어요? 거기 지난번에도 그랬던 것 같은데..."

"뭐 며칠 뒤면 따로 기사 구하지 않겠어? 본사 팀장이 기사 대동해
서 아예 물류 끌고 간다는 소리까지 있었대"

서울에 올라왔다가 들른 회식자리에선 온통 화물연대 파업 얘기뿐
이었다. 현장 경험이 많이 없는 나로서는 이런 일이 생겼을 때 자질구
레한 해결방법이나 조언을 듣는 것 밖에 할 수 있는 게 없었다. 선배들
은 미리 담당 화물기사 연락처를 알아놓고 회유와 설득, 이것도 안되
면 뒷돈이라도 챙겨주는 것이 이쪽 관례라고 이야기했다. 화물기사들
도 한 가정의 가장일 뿐 한 명 한 명 이야기해보면 마지못해 파업에 참
여하게 된 경우도 많더란다. 공장으로 돌아온 나는 선배에게 들은 얘
기를 수현에게 전했다.

"아무래도 화물기사들 몇 명이라도 알아두면 좋을 것 같아. 나는 요
즘 서울에도 자주 올라가고 정신이 없으니까 수현 씨가 좀 챙겨주면
되겠는데"

"대리님, 제가 이 동네랑 가까운 데서 자랐잖아요. 동네서 화물차
모는 삼촌들 한 두 명은 연락할 수 있는데, 뭘 부탁하면 될까요?"

"정말? 역시 지방 출신이 필요할 때가 있다니까. 그분한테 본사로
보낼 원단 운송 부탁드려봐야겠어. 본사에서 비용은 더 지불한다고
하네"

알고 보니 수현네 아버지와 친분이 두터운 사람 중 한 명이 화물차

기사였다. 그 지역에 연고가 없는 나로서는 굉장히 다행인 일이었고 본사에서도 반기는 상황이었다.

사실 오래전부터 기업과 화물기사들 사이엔 알게 모르게 께름칙한 감정이 오가는 분위기였는데 수현이가 그 중간다리 역할을 해줄 수 있을 것 같았다. 나는 회사에 수현의 역량이 중요하다고 적극적으로 전달했고, 개발팀장은 이번 신사업이 자리를 적당히 잡고 내가 서울로 올라가게 되면, 수현을 공장 담당자로 진급시켜보도록 하겠노라 이야기했다. 공장 담당자라 하면 근무 장소는 그대로더라도 우리 회사의 정직원이 되는 것이기 때문에 수현에겐 큰 기회라고 생각했다.

나는 곧바로 이를 수현에게 전했다.

"대리 님, 제가 삼촌한테 오랜만에 연락드려봤는데 차마 입이 안 떨어지네요. 사실 회사랑 기사님들 원래부터 사이가 좋지 않잖아요. 저도 공장엘 있다 보니 이런저런 소리를 들어서... 조심스럽네요."

수현은 전혀 예상치 못했던 대답을 내놓았다. 말인즉슨, 자기가 커가는 시절까지 보아온 동네 어른에게 뒷돈을 챙겨줄 테니 화물연대를 뒤로하고 회사의 이익에 앞장서라고 말할 수 없다는 것이다. 수현 입장에서 생각하자면 그가 느낄 부담이 어느 정도 이해가 되기는 했다만, 나는 무엇이 중요한 일인지 수현을 설득시키는 것이 우선이라는 생각이 들었다.

화물연대 또한 다 개인적인 이익을 위해서 파업을 하는 것이 아닌가. 그리고 기사들의 위치에서 보면 우리가 마치 갑의 권한이라도 있는 것 같지만 우리도 그저 회사의 지시에 따라 행동하는 것뿐이며, 이번 사업은 범지구적 관점에서 보아도 좋은 취지의 일임을 몇 시간이고 수현에게 얘기했다. 또한, 공장장도 함께 수현을 설득해 나갔다.

무엇보다도 수현 본인에게 다시는 이런 기회는 없을 것이라는 말도 덧붙였다. 서울 본사에 함께 갔을 때의 일을 말하자 수현은 조금 당황하는 기색을 보였다. 당장 다음 주면 첫 번째 원단 제품을 본사로 보내야 했다.

이튿날, 수현은 친분이 있다는 기사를 대동하고 공장에 왔다. 회사에서는 기존 화물 운임비의 세배에 이르는 비용을 제시했으며 기사는 십여분의 고민 끝에 제안을 수락했다. 비밀거래는 생각보다 쉽게 이루어졌다.

회사에서는 유례없는 마케팅 아이디어를 떠올렸다. 촬영팀이 새로 꾸려졌다. 공장에서 원단이 본사에 도착하면 유명 디자이너가 직접 재단해 첫 운동복을 제작하는 과정을 촬영해 유튜브에 공개하겠다는 것이다.

광고 아이디어도 뻔하지만 전하고자 하는 바가 명확했다. 첫 장면에는 목에 플라스틱이 끼어 죽어가는 바다거북과 온난화로 수가 줄어드는 북극곰이 등장하고 그 후 공장에서 폐플라스틱이 재생산되는 장면이 이어질 것이다. 이렇게 만들어진 옷은 A급 연예인이 걸친 후 '당신의 지구를 지켜주세요" 같은 진부하지만 공익광고에 나올 법한 대사 한 마디가 곁들여져 스토리텔링이 완성된다. 공장 직원들의 손놀림도 바빠졌다. 이렇게 완벽해 보이는 계획이 성공하기 위해서는 우선제 날짜에 맞춰 본사에 원단이 도착해야 했다.

약속했던 수량이 모두 완성되고, 화물차는 다음날 새벽 네 시경 공장에서 출발하는 것으로 정해졌다. 나는 화물차에 실을 물건들을 확인 후 미리 서울로 올라가 있을 예정이었다. 수현에게 함께 본사로 가서 유튜브 촬영 같은 마케팅 과정을 경험해보는 것이 어떻겠느냐 제안했다.

"대리님, 저는 기사 삼촌이랑 같이 올라가도 되나요?"

수현은 본사로 향하는 화물차에 자기가 직접 기사와 같이 타겠다고 했다. 친한 기사가 이런 일을 하게 된 게 마음이 쓰이는 듯했다. 흔한 일은 아니었지만 자진해서 더 신경을 써준다면 회사 입장에서 나쁠 것은 없었다. 혹시나 생길 법한 작은 사고도 수현이 미리 연락만 준다면 금방 알 수 있을 것이고 나는 기사와 연락할 것 없이 수현과 소통하면 되니까 말이다.

공장에서 준비는 잘 마쳤고 화물기사에게는 미리 계약금까지 전달됐다. 오히려 나는 수현을 믿고 마음 편하게 서울로 향할 수 있었다.

본사 숙소에서 긴장감에 잠을 설치고 있던 차에 휴대폰이 울렸다. 새벽 네 시 반이었다.

"대리 님, 사람이 다쳤어요. 어떻게 해요? 저는 일단 병원에 가야겠어요"

"뭐? 사람이 다쳤다고?"

"화물연대 사람들이 우리가 올라가는 걸 알았나봐요. 공장 문 앞에서 기다리고 있었는데 기사님이 피하려다가... 저 일단 이분 모시고 병원 좀 갈게요"

"얼마나 다쳤는데? 다른 사람들 있을 거 아니야. 아직까지 출발 못한 거면 이제 와야돼. 본사에서 몇 팀이 도착시간에 맞춰서 기다리고 있는지 알잖아. 빨리 기사님이라도 보내"

화물연대 사람들과 실랑이를 벌이다가 그만 차 뒤쪽에 있던 사람을 발견하지 못해서 난 사고였다. 결국 수현은 본사로 올라오지 못했다. 화물연대 사람들과 다친 기사를 데리고 병원으로 향했다고 한다.

다행히도 계약금까지 미리 받은 화물기사는 제시간에 올라오지 못하면 돈을 물어야 했기 때문에 늦지 않게 서울에 도착했다. 일련의 사건들 때문인지 기사의 표정이 너무나 지쳐 보였다. 기사가 도착하자 회사에서는 무슨 이유에서인지 원래 계획했던 비용에 조금 더 보태 운송비를 입금했다고 한다.

계획은 변경되지 않았다. 회사 건물 앞에 새 원단을 차곡차곡 쌓고 그 앞에는 전날 미리 준비한 리본을 매달았다. 고위직 인물들이 하나둘 등장했다. 공장 직원들이 밤을 새워가며 만든 원단을 한 상무가 직접 들고 디자이너에게 직접 전했고 이어서 컷팅식이 열렸다. 주변에는 처음 보는 촬영팀 카메라가 가득했다. 한편으로는 아직 연락이 되지 않는 수현이가 신경 쓰였지만, 나는 이 행사를 마치고 다른 문제를 해결하겠노라 마음먹었다.

행사가 마무리될 때쯤에서야 팀장이 나를 불렀다.

"이 대리, 얘기 들었어. 오늘 온 기사한테 잘 말해서 이번 사고는 주변에 알리지 않기로 했어. 다친 화물연대 사람이랑도 회사가 얘기할

참인가 봐. 이대리가 신경은 더 안 써도 될 것 같아. 수고했어"

　나중에야 알게 된 사실인데 본사에서는 이 일을 전달받자마자 병원 응급실로 연락을 취했다고 한다. 아마도 다친 사유에 대해 명확한 기재를 하지 말아 달라는 부탁을 하기 위함이었을 것이다. 병원 기록에는 교통사고 대신 시위대 간의 의견 차이로 인한 몸싸움이라는 이해하기 어려운 사유가 짧게 적혔다. 화물연대 사람은 다리 한쪽을 크게 다치긴 했으나 수술을 하고 회복을 잘 마치면 일상생활에는 문제가 없다고 했다. 모든 병원비와 치료 기간 동안에 필요한 생활비를 회사에서 내기로 했고 그 외에도 거액의 합의금이 전달됐다는 이야기가 들렸다. 불행인지 다행인지 다친 화물연대 사람은 회사의 제안을 받아들였다. 다친 사람이 문제 삼지 않기로 했으니 딱히 내가 해결해야할 일도 없었다. 교통사고 자체가 기록에 남지 않아 화물차를 운전했던 담당 기사도 법적인 문제에서 자유로울 수 있었다. 그때쯤 화물연대의 파업도 끝난다는 앵커의 말이 뉴스에서 들려왔다. 회사는 계획대로 일을 진행해나갔다. 나는 물론이고 다친 사람이나 화물차 기사 모두 본래의 자리를 금방 되찾아갔다. 모든 것을 빠르게 지나갔다.

　그러나 단 한 명, 수현은 공장으로 돌아오지 않았다.

　신소재 운동복 판매가 시작되면서 얼마 지나지 않아 나는 본사 개발팀으로 발령이 났다. 그리고 그동안 그렇게나 기다렸던 과장 진급이 별 탈 없이 통과됐다. 회사 생활은 여전히 눈코 뜰 새 없이 바빴다.

　가끔 수현이 떠오를 때면 휴대폰을 들고 아직 기억하고 있던 전화번

호를 천천히 눌러봤지만 왜인지 통화 버튼까지는 누를 용기가 나지 않았다. 그렇게 망설일 때면 대기업 정직원을 꿈꿨던 스물셋의 수현에게 그보다 더 중요한 것은 뭐였을까 라는 질문의 답을 찾기 위해 생각에 빠지곤 했다. 어느 날 밤엔 그 고민만으로 꼬박 잠을 설치는 일도 더러 있었다.

그날도 나는 일을 마치고 휴대폰을 꺼내 들었다가 문득 깨달았다. 공장에서 서울로 돌아온 이후에 그 누구와도 깊은 관계를 맺지 않고 있었다. 그리고 내가 되찾고 싶은 것을 떠올렸다.

다음날, 회사에 출근하자마자 지방 공장 담당직에 지원했다. 가족부터 회사 선후배들 모두 당연히 말도 안 되는 일이라며 말렸다. 하지만 모든 일이 시작된 그곳으로 돌아간다면 나도 모르게 잊어버렸던 무언가를 되찾을 수 있을 것 같다는 생각이 가득 찼다. 나의 머릿속은 그 어느 때보다 선명해지기 시작했다.

나의 아저씨

하나제이

하나제이 1975년 여름 서울에서 태어났다. 파이어족을 꿈꾸며 조기은퇴를 하였으나 지금은 조금씩 일을 하는 반퇴라이프를 즐기고 있다. 사랑하는 아내와 아들 셋이서 알콩달콩 살고 있다. 꼰대를 극히 혐오하는 자유로운 영혼의 아재다.

Part 1

오늘도 여지없이 옆 방의 TV소리에 잠이 깼다. 이게 벌써 며칠째인지 모르겠다. 이 고시원은 길거리를 거니는 사람들의 시시콜콜한 담소도 들릴 정도로 방음에 취약하다.

옆방 아저씨는 매일 6시에 일어나 가장 먼저 TV를 켠다. 대체로, 안전마크가 가슴에 달린 잠바와 흙이 묻은 청바지를 입고 다닌다. 아마 공사장에서 막일을 하는 모양이었다. 오늘은 꼭 TV소리를 줄여달라는 얘기를 해야겠다고 마음을 먹었다.

침대에서 일어나 나도 옆집 아저씨처럼 TV를 켰다. 며칠 째 미국의 리먼브라더스 파산 소식이 쏟아졌다. 매일 주가는 폭락하고 당장이라도 망할 것처럼 암울한 뉴스만 나오고 있다.

어쨌거나 나와는 상관 없었다. 욕실로 넘어가 샤워를 하고 공용주방으로 향했다.

마침, 옆집 아저씨도 식사를 하고 막 일어나는 참이었다. 아저씨는 어제도 술을 마셨는지 눈은 퀭하고 어깨는 축 처져 있었다. 왠지 소음 문제를 꺼내기가 겸연쩍었다. 아저씨는 가볍게 나에게 목례를 하고 서둘러 방으로 돌아갔다.

나는 엄마가 챙겨준 멸치볶음과 콩자반을 냉장고에서 꺼내고 전기 밥솥에 준비된 밥을 퍼서 간단히 아침을 먹었다. 식탁을 정리하고 방에 들어와서 시계를 보니 채 7시가 안 되었다.

아직 출근하기까지는 약 1시간이 남아 있었다. 습관처럼 이어폰을 끼고 Nirvana의 "Smells Like Teen Spirit"을 들으면서 흥얼거렸다.

문득, 이 고시원에는 어떤 사람들이 사는지 궁금해졌다. 나는 항상 아침 8시에 회사에 출근해 저녁 10시가 되어서야 다시 고시원에 들어온다.

그 무렵에 마주치는 사람을 되짚어보면, 직장인, 대학생, 또는 나이 든 아저씨, 심지어는 이제 얼마 살지 못할 것 같은 할아버지였다. 사연 없는 사람은 없겠지만 모두 저마다의 사연이 있어 보였다.

이웃이 눈에 들어오기 시작한 것은 다름 아닌 한달전에 옆방에 새로 온 아저씨 때문이다. 내가 출근하기 전에 나가고 내가 퇴근하기 전에 들어오는 모양이었다. 주말에는 오후 늦게 일어나 잠깐 외출을 하고 들어오는 것 같았다.

이상한 점은 가끔 아저씨는 주방과 고시원의 공용 공간을 꼼꼼히 살피다가 나를 보고는 흠칫 놀라면서 다시 방으로 들어가는 거였다.

Part 2

나는 올해 3년차 직장인이다.

군대에 있을 때 아버지 사업이 어려워져 제대 후 안 해본 알바가 없을 정도로 아둥바둥 살았다.

취직후부터는 재테크에 관심을 기울였다. 언젠가 서울에 집 한 채 마련하는 게 꿈이다. 가끔 주말에는 부동산 경매 강의를 들으러 가기도 하고 거기서 알게 된 사람들과 임장을 다니기도 한다.

어렵게 대학을 졸업하고 원서 지원 49번 만에 겨우겨우 조그만한 민출판사에 합격했다. 민출판사에서 하는 일은 출판 기획부터 신인작가 발굴, 교안, 출판까지 모든 일을 다 한다고 보면 된다. 처음에는 일이 익숙치 않아 실수도 많이 했지만 이제는 어느정도 적응이 되었다.

이 고시원도 본가가 인천에 있다보니 출퇴근 시간과 비용을 줄이려고 회사 가까운 곳으로 따로 마련한 것이다. 본가인 인천에서 회사까지 약 1시간 30분 정도 걸린 걸 생각하면 지금은 채 10여분도 걸리지 않는다.

이사의 목적은 휴식과 자기계발이었다. 그러나, 집이 가까운 것을 안 상사가 일을 늦게까지 시키는 바람에 지금은 고시원에 들어오면 쓰러져 바로 잠이 들곤 한다.

퇴근하기 10분 전, 사수인 김과장이 나를 불렀다.

"수곤씨, 오늘 정성우 작가님 교안 마무리 좀 해 주실래요?"

"네, 하던 일 마무리 짓는 대로 시작하겠습니다."

오늘도 여지없이 일찍 퇴근하기는 글렀다.

나는 심호흡을 크게 하고 모니터로 눈길을 돌렸다.

Part 3

오늘은 평소와 달리 옆방에서 TV소리가 들리지 않았다.

난 옆방 TV소리가 아닌 알람소리에 눈을 떴고 벽에 귀를 대보았으나 아무 소리도 넘어오지 않았다.

갑자기 불길한 생각이 들었다. 가끔, 고시원에서 자살하는 뉴스를 봐서 그런지 등골이 서늘했다.

난 크게 심호흡을 하면서 오싹한 기분을 진정시켰다. 그리고는, 조용히 문을 열고 나가 옆방 출입문에 귀를 가져다 댔다. 아무 소리도 들리지 않았다. 그때, 총무가 지나가가면서 내 모습이 기이했는지 나를 불렀다.

"301호(여기서는 이름 대신 본인이 기거하는 방 호수로 부른다), 뭐 하세요?"

"아, 네. 302호에서 아무 소리도 안 들려서요."

"302호요? 어제 안 들어왔는 데요."

"네? 어제 안 들어왔다고요?"

"네, 어제 안 들어왔어요. 무슨 일 있으세요?"

"아니에요. 한번도 그런 적이 없어서요."

아, 어제 안 들어온 거였구나. 한편으로 안도의 한숨을 쉬었고 다른 한편으로는 어제 무슨 일이 있었나 하는 궁금증이 모락모락 피어올랐다.

Part 4

오늘은 5시 30분에 옆방 TV소리에 눈을 떴다. 아저씨가 온 것이다. 근데, 여느때 보다 TV소리가 더 컸다. 어제의 걱정은 어디론가 사라져 버리고 갑자기 짜증이 몰려왔다.

나는 벽을 주먹으로 내리치면서 소리쳤다.

"잠 좀 잡시다."

TV소리는 그대로였다.

다시 한번 벽을 주먹으로 내리쳤다.

그제서야 TV 소리가 조용해 졌다.

나는 오늘은 반드시 얘기해야 겠다고 다짐을 하면서 방을 나왔다.

마침, 옆 방 아저씨도 방을 나오는 중이었고 나랑 눈이 마주쳤다.

나는 잠시 멈칫했지만 이윽고 말을 이었다.

"저기요, 아침에 TV 소리 좀 줄여 주세요. TV소리 때문에 잠을 잘 수가 없어요."

아저씨는 말없이 나를 물끄러미 쳐다봤다.

"뭐라고. 말 좀 해 보세요."

"알겠어요" 라고 아저씨는 짧게 한 마디를 하고 자리를 떴다.

나는 방에 들어와서 다시 잠을 청했다. 아침부터 신경을 곤두세우다 보니 쉽사리 잠이 오지 않았다. 출근하기까지 뜬눈으로 누워 있었다.

Part 5

어제는 야근이 없어 고시원에 일찍 들어와서 잠을 자서 그런지 아침에 알람 소리도 없이 5시에 일어났다. 문득, 옆방이 궁금해졌다. 아직까지는 아무 소리도 들리지 않았다.

그러나, 곧 TV 소리가 크게 들리기 시작했다. 불쑥 부아가 치밀었다.

옆 방으로 가서 문을 꽝꽝 두드렸다.

"302호, 좀 나와보세요."

"TV소리 좀 줄여달라고 얘기했잖아요. 이게 벌써 몇번째예요. 잠 좀 잡시다." 다른 옆방 사람들도 들으라고 일부러 큰소리를 냈다.

그제서야 302호 아저씨는 방에서 나왔다.

"뭐라고요?" 아저씨는 황당한 표정으로 되물었다.

나는 지지 않고 되쏘았다.

"한 두 번도 아니고, TV소리에 잠을 잘 수 가 없잖아요. 제가 부탁했잖아요."

아저씨는 눈을 지그시 감고 미안하다고 덧붙였다.

적반하장식으로 나왔으면 나도 끝까지 갔을텐데 아저씨가 계속 미안하다고 하니 끓어오르던 화도 가라앉기 시작했다.

"제발 부탁이에요. TV 소리 좀 줄여주세요." 나는 울먹이듯 부탁했다.

"미안해요. 미안해요." 아저씨는 연신 고개를 숙였다.

Part 6

지난주 옆방 아저씨와의 싸움 이후로 아침에 TV 소리는 들리지 않았다. 나도 다행히 잠을 푹 잘 수 있어서 하루를 기분좋게 시작할 수 있었다. 싸움 이후로 아저씨를 잘 볼 수 없게 되었다. 나를 피하는 건 아닌가 하는 생각이 들었다.

어느 날 오랜만에 일찍 퇴근하고 고시원으로 돌아가는 길에 편의점에서 아저씨가 홀로 소주를 마시는 모습을 보았다. 아저씨도 나를 보고는 흠칫 놀란 표정을 지었다.

"저기 301호, 나랑 한잔 할래요?" 아저씨가 취기가 오른 어투로 물었다.

나는 잠시 머뭇거리다가 저번에 너무 심하게 한 것 같은 생각이 들어 "그래요." 라고 대답했다.

아저씨는 소위 말하는 깡소주(새우깡에 소주)를 먹고 있었다.

안주가 부실한 것 같아 편의점 안으로 들어가 술하고 안주 서너개를 샀다.

"아이고, 미안하네. 내가 사야 하는데." 아저씨의 빈말이 싫지만은 않았다.

"우리 이웃인데, 아직까지 이름도 모르고 있었네요. 전 김용철이에요. 그냥 편하게 김씨 아저씨라고 불러도 돼요."

"전 박수곤입니다."

서로 통성명을 하고 얼마간 정적이 흘렀다.

침묵을 깬 건 아저씨였다.

"그동안 미안했어요. 나는 TV 소리가 그렇게 시끄러울지 몰랐어요. 사실은 내가 사고로 인해 귀가 좀 안 들리거든요."

아저씨는 말을 조곤조곤 이어갔다.

아저씨의 사연은 기구했다. 아저씨는 1998년 IMF 금융위기가 터지기 전 까지는 누가 들어도 알 만한 은행의 직원이었다. IMF 구조조정의 파도를 넘지 못하고 희망퇴직을 하였고 퇴직금을 가지고 전자대리점을 창업했는데 여러 경쟁업체 들로 인해 3년만에 문을 닫게 되었다고 한다. 이후에는 남은 돈으로 치킨점, 음식점 등도 열었으나 이도 얼마 가지 않았다고 한다. 돈이 없다 보니 아내와의 불화가 끊이질 않았고 결국에는 이혼하고 아이들은 아내가 키우고 자기는 고시원에서 살면서 막노동을 했다고 한다. 귀도 빌딩 공사 중 2층에서 떨어져 다쳤다고 한다.

이는 내가 아저씨를 보면서 어느정도는 예상한 사연이었다.

그날 술자리는 새벽 1시가 되어서야 끝이 났다. 우리는 서로 어깨동무를 하면서 각자 방으로 들어갔다.

Part 7

난 오랜만에 일찍 퇴근하고 낮에 있었던 일도 생각할 겸 편의점에서 혼자 맥주를 마시고 있다.

낮에 오랜만에 엄마한테서 전화가 왔다.

"수곤아"

"네, 엄마"

"잘 지내니?"

"네, 잘 지내고 있어요. 엄마는요?"

"흑" 엄마는 갑자기 흐느끼기 시작했다.

뭔가 불길한 예감이 들었다.

아버지의 사업이 결국 부도가 나서 집이 경매에 부쳐진다고 통지가 왔다고 한다. 어떡해야 하냐고 흐느끼듯 말씀하셨다. 일단은 엄마를 진정시키고 방법을 찾아보겠다고 말하고 전화를 끊었다.

아저씨가 고시원으로 들어가는 길에 나를 본 듯 하다. 저번에 술자리를 같이 해서인지 친한 척 하면서 나를 불렀다.

"수곤씨, 왠일로 혼자 술을 마시고 있어요?

"그냥이요, 조금 속상한 일이 있어서요."

"왜요? 무슨 일 있어요?"

난 낮에 있었던 일을 아저씨에게 숨김없이 다 얘기했다.

아저씨는 걱정하지 말라면서 경매 통지가 와도 1년간은 이사 안 해도 된다고 나를 안심시켰다.

그런데, 아저씨의 말에 난 위로가 되기는 커녕 갑자기 짜증이 울컷 올라왔다.

"아저씨도 인생 실패해서 여기까지 온 것 아니에요? 뭘 안다고 조언을 해요. 잘 알지도 못하면서."

난 애꿎은 아저씨에게 막 쏘아붙였다.

아저씨는 황당한 듯이 나를 쳐다봤다.

Part 8

한동안 TV소리도 아저씨도 보이지 않았다.

그러던 어느날, 총무가 나를 보고는 내일부로 그만둔다고 얘기했다. 주인이 바꼈다고 하면서.

그 다음날, 일찍 퇴근하고 고시원 입구로 들어오는 찰나, 누가 나의 이름을 불렀다.

"수곤씨, 오래만이에요." 옆 방 아저씨가 나를 보고는 환하게 웃었다.

근데, 이상했다. 고시원 총무방에서 나오는 것이었다.

"어쩐 일이세요? 요즘엔 안 보이시더라고요."

"일이 있었어. 오늘부로 내가 이 고시원을 인수했어."

"네! 아저씨가요?" 나는 전혀 예상치 못한 답변에 깜짝 놀랐다.

"그렇게 됐네. 앞으로 잘 부탁할께." 아저씨가 겸연쩍은 듯 얘기했다.

아저씨가 이혼하고 처음 고시원에 들어왔을 때는 매일매일 자신을 비관하면서 술로 밤을 지새웠다고 한다. 그러다가 죽을까 하는 극단적인 생각도 하였지만 이내 맘을 고쳐먹고는 생각을 달리 하기 시작했다. 아저씨가 은행원 시절 주로 하던 업무는 연체되어 있는 물건을 경매하는 일을 하였다고 한다. 자연스럽게 부동산과 경매에 대해서는 누구보다도 자신이 있었다고 한다. 경매물건이 법정에 쏟아진 2008년 금융위기 즈음에 아저씨는 막노동을 하면서 힘들게 번 돈을 가지고 경매 감정가의 50%선에서 낙찰을 받고 시세보다 싸게 매도하여 단기간에 수천 만원의 이익을 봤다고 한다. 차츰차츰 경험이 쌓인 후 본인이 살 집도 서울에 마련하였다고 한다.

사실 이 고시원에 들어오게 된 것도 경매 때문이라고 한다. 이 고시원이 경매에 나오게 된 것을 알고 이 고시원의 운영이 어떻게 이루어지는지 알려고 들어왔다고 한다. 한달동안 운영하는 것을 꼼꼼히 살펴보고 괜찮다는 확신이 들어 이 고시원을 낙찰 받았다고 한다. 어째 아저씨가 주방과 공용공간을 유심히 보는 게 이상해 보이긴 하였다.

이것이 아저씨가 고시원을 인수하게 된 사연이다.

나는 아저씨의 사연을 듣고 한동안은 충격에서 벗어나지 못했다. 나보다도 못하다고 생각한 아저씨가 이 고시원의 주인이 된 것이다.

그러나, 지금은 아저씨는 나의 부동산 선생님이 되셨다. 아저씨 임장 갈 때는 같이 따라가기도 하고 경매에 대해서도 이것저것 많이 배울 수 있었다.

물론, 엄마의 이사문제도 아저씨의 조언을 받아 잘 진행하고 있다.

언젠가는 나도 아저씨처럼 서울의 번듯한 집과 고시원을 갖게 되는 꿈을 꾸면서…

"아저씨, 감사합니다. 꿈 꿀 수 있게 해 주셔서"

하지夏至

박효하

박효하 타오르는 것에 홀리는 철부지. 서툴지만 마음을 가득 담는 글을 쓰고 싶은 글쟁이. 특별하지 않은 일상을 특별하게 바라보기 위해 노력하는 탐험가. 세상에 당연한 것은 없음을 깨달아 가고 있는 평범한 20대이자 다양한 사랑들을 관찰하고, 끝내 자신을 사랑하기까지의 신비한 과정을 몸소 체험하고 있는 로맨티스트.

instagram: @ha.hyo

한로寒露- 10월 8일

H의 앞에는 바다가 펼쳐져 있다. 한산한 바람이 뺨을 스쳤지만 그녀는 개의치 않았다. 일정한 파도가 밀려왔다 사라지는 모래사장에 앉아 몇 시간째 수평선을 응시하는 중이었다. 재생되던 플레이리스트가 마침 그녀가 좋아하는 노래를 내보냈다. 손을 움직여 휴대폰을 켜자 화면에 S가 몇 달 전 보내온 사진이 떴다. 전혀 다른 색채를 가진 바다 사진을 들여다보던 그녀는 끝나가는 노래의 가사를 읊조렸다.

"그늘 안에 드리운 내 눈빛도 아름답게 피어나길"

고군분투하던 일상에서 벗어나 바다를 보겠다는 집념 하나로 떠났던 여행이었다. 하지만 그 해 여름이 가져다준 것은 뜻밖에도 해변에서 즐겁게 물장구치고 난 메마른 소금기와 같은 것이었다.

S를 만나게 된 건 그 해 부산에서였다.

하지夏至- 6월 21일

H는 짧은 휴가를 얻어 새벽의 첫 기차를 예매했다. 그리곤 도착지로 향하는 내 창밖을 구경했다. 구름 사이사이로 여명이 밝아오고 있었다. 몇 줄기 햇살이 모내기를 막 끝낸 논을 잔잔하게 비추었다. 건물이 이리저리 뒤엉킨 도시에서는 볼 수 없는 풍경이었다.

H는 기차에서 내리자마자 목적지로 향했다. 이제 막 달아오르기 시작하는 모래사장에 서서 카메라 셔터를 눌렀다. 주변의 수많은 사람들이 동행과 재잘대며 그녀를 스쳐 지나갔다. 혼자인 것처럼 보이는 것은 자신 뿐이었기 때문에 H는 머뭇거리다 핸드폰을 켜고 해변을 천천히 걷기 시작했다. 온라인 여행 커뮤니티를 찾아 일일 친구를 구하는 글들을 몇 개 들여다보았지만 전부 마땅치 않아 보였다. 그녀는 익명으로 글을 작성하기 시작했다.

〈부산 여행 중입니다. 오늘 저녁 식사 같이 할 분 구합니다. 29살. 여자. 남녀노소 상관없음. 영도 해녀촌에서 식사할 예정입니다.〉

H는 자신이 쓴 글을 되읽다 여자라는 말은 지워버렸다. 영도로 향하는 버스를 타려던 때였다. 조용하던 핸드폰이 알람을 울려왔다.

'어디로 가실 예정인가요?' 그녀는 잠시 고민하다 밑에 댓글을 달았다.

- 태종대요. 여행 중이신가요?

- 현재 양산인데 바다가 보고 싶어서요.

- 같이 태종대 관람하시고 식사하시겠어요?

- 좋아요.

이름도 모르는 누군가를 만난다는 생각에 H는 설렘인지 경계인지 모를 감정으로 버스를 탔다. 그녀를 태운 차가 대교에 들어서자 도시의 부산스러움이 멀어지고 양옆으로 쭉 뻗은 바다만이 남았다.

핸드폰에는 '먼저 도착했다'는 메시지가 떠있었다. 버스의 문이 열리자마자 그녀는 뛰듯이 걸었다. 약속 장소인 편의점 앞은 평일 오후인데도 사람들로 북적거렸다. H는 핸드폰과 수많은 사람들을 번갈아 보았다. 어물쩍 서있던 그녀에게 말을 건 건 말끔한 셔츠에 반바지 차림을 한 남자였다.

"안녕하세요."

H는 고개를 살짝 숙여서 마주 인사하고 재빨리 그의 눈매를 훑었다. 그 역시 내색하지 않으려고 노력하는 것처럼 보였지만 조금 어색한 표정이었다. 모순되게도 그 모습이 그녀의 경계심을 누그러뜨렸다. 둘은 서로를 탐색하듯 이야기를 나누며 바다를 끼고 걸으며 오래된 사찰로 향했다. 적막한 늦은 오후였다. 절에 도착하자 마침 한 스님이 철종에 연결된 밧줄을 당겨 울리고 있었다. 작은 종에서 울려 퍼지는 낮은 음파가 공기 사이로 깔렸다. 느린 세 차례의 타종이 지나자 H는 고개를 살짝 돌려 S쪽으로 시선을 향했고, 어느새 흘러간 구름 뒤로 쏟아진 햇살이 S의 어깨를 어루만지는 걸 응시했다.

해질녘의 영도는 온통 바다였다. 선선한 바닷바람은 뜨거웠던 대지를 향해 불어왔다. 관광객들 사이로 산길을 되짚어 내려오며 S가 특유의 저음의 목소리로 물었다.

"그나저나 H씨는 제 신상에 관한 건 묻질 않으시네요."

"신상이라면⋯."

"직업이나 나이, 세상이 우리에게 붙여준 명함 같은 것들이요. 저는 H씨가 스물아홉인걸 알고 있잖아요. 내 나이, 안 궁금해요?"

"음, 글쎄요. 몇 살인지 물어도 괜찮을까요?"

"맞춰보세요."

말하자면 이 순간이었을 것이다. H가 S의 '세상이 붙여준 명함 같은 것들'을 신경 쓰게 된 것은. 한참을 해녀촌을 찾아 길을 걷는 동안 H가 알게 된 것은 S는 스물아홉인 그녀보다 열 살이 더 많은 서른아홉이라는 사실이었다. 그녀는 그를 자신의 또래로 생각했기에 적잖이 놀랐다. 동시에 서로는 안도 아닌 안도를 했을지도 모른다. '설령 이 이상 어떤 운명의 이끌림이 있어도⋯ 서로에게 더 깊은 의미가 될 수는⋯.' 하는.

농익은 해녀촌의 바다는 그들을 반갑게 맞이했다. 그들은 넓게 드리운 바다 앞에 자리를 잡았고 곧 술 한 병과 음식이 그들 앞에 놓였다. 해가 바다 너머로 사라지며 푸르렀던 바다가 붉었다 검어지기까지. 그녀는 순간순간마다 깊은 탄성을 터트렸다. 그리고 S는 그 모습을 바라보며 함께 술잔을 기울였다. 작고 여린 미소와 함께.

손님들은 하나 둘 어둑해진 해녀촌을 떠나갔다. 이미 등대 빛이 일렁이는 바다를 보며 마지막까지 뭉그적거리던 그들에게 사장이 자리를 정리해야 한다고 알려왔고, 둘은 마지못해 자리를 털고 일어났다.

집으로, 숙소로 돌아가야 했지만 둘은 밤을 이대로 흘려보내고 싶지 않았다.

그들은 같은 곳을 향해 발걸음을 옮겼고 바다의 밤은 광안리로 이어졌다. 광안대교는 낮의 모습은 어디론가 숨기고 밤의 향락을 맞이하듯 검은 바다 위에서 빛을 내고 있었다. 그들은 반짝거리는 대교를 마주한 해변 끝에 앉아 도란거리며 편의점에서 사 온 맥주를 들이켰다. 둘은 수많은 이야기를 나누었지만 어떤 것들은 허공으로 흩어졌고 어떤 것들은 서로에게 스며들었다. 왠지 오늘만은 취하지 않을 것만 같았다. 혹은 이미 바다 향내에 취해버렸을지도 모르는 일이다.

달빛 아래 깊이를 가늠할 수 없는 바다를 얼마나 바라보았을까. 등 뒤로 리듬 가득한 노래에 한껏 흥이 오른 사람들의 웃음소리가 들려왔다. 그 소리에 사로잡힌 둘은 누가 먼저랄 것 없이 모래를 털고 색색의 빛을 뿜어내며 바닷바람이 밀려들어오는 가게 안으로 선뜻 들어섰다. 심장까지 쿵쿵 울려 퍼지는 저음이 엠프 가득 쏟아져 나왔고 그 소리는 그들을 더욱 가깝게 두었다. 무언가 말하려는 듯 시선이 부딪히면 상대방에게 머리를 기울이고 입술 쪽으로 귀를 향해야 했다. 그렇게 둘은 한 뼘도 채 되지 않는 거리에서 어깨와 어깨를 나란히 하고 가볍게 리듬을 타는 사람들을 바라보며 칵테일을 홀짝거렸다. 강한 알코올 냄새가 코를 훑고 지나갔지만 혓바닥 위에 달짝지근하게 들러붙는 액체는 이를 무마시켰다.

"다트 할 줄 알아요?" S는 환호성을 지르고 있는 사람들을 바라보며 다트 기계를 가리켜 보였다.

"한 판 하실래요?" H는 지지 않는 목소리로 대꾸했다.

번갈아가며 화살을 던지는 동안 우승은 큰 이변 없이 다트 내기를 제기한 S쪽으로 기울었다.

"내가 한 회 양보할게요. 봐주는 거예요."

마지막 자신의 차례에 다다르자 의기양양한 미소를 지은 S는 과녁이 아닌, 그를 빤히 바라보던 H에게 눈을 고정시켰다. 그리고 S의 손에 쥐어져 있던 마지막 세 화살이 어딘가로 자리를 찾아가는 동안 둘의 시선은 느리게 흐르는 시간 사이에서 한참을 섞여 들어갔다. 이제 그녀의 차례였다. H는 뒤늦게 고개를 돌려 과녁 정중앙의 작은 원을 노려보았고 그제 서야 취기가 조금 올라오는 듯 살짝 미간을 찌푸렸다. 신중한 손길에도, S의 시선을 피해 갈 곳을 잃은 화살은 허공에서 방향을 잃고 흔들렸다.

향긋한 술을 마지막까지 들이키고 나오니 이미 자정이 한참 지난 시간이었다. S는 돌부리에 휘청한 그녀의 팔꿈치를 살짝 감아쥐고 걸었고 곧 그녀가 예약한 바다가 내려다보이는 숙소에 도착했다. H는 머뭇거리다 우물거리며 물었다.

"차편도 끊겼는데 집에는 어떻게 가시게요…?"

"저는 걱정 마세요. 조금 기다렸다 첫차를 타고 가면 되니까요."

S는 웃어 보이며 오른손을 내밀어 악수를 청했지만 그녀는 그의 손을 맞잡지 않았다.

"저, 괜찮으시면 제 숙소에서 조금 쉬다 가세요. 너무 늦었고… 몇 시간만 있으면 첫차가 운행할 테니까요. 아마 침대도 두 개 일거

예요."

온전한 인사와 악수 대신 태연하게 말했고 그의 눈동자는 순간 커졌다. 둘은 지나가는 빠른 자동차 바퀴소리를 들으며 한참을 말없이 서 있었고, 그 후에야 S는 가까스로 정리한 대답을 꺼냈다.

"…그럼 몇 시간만 실례하겠습니다."

그녀는 그의 소맷자락을 잡고 호텔에 들어섰다. 자정까지 쉴 새 없이 떠들었던 분위기가 무색하게 둘은 객실에 도착할 때까지 입을 열지 못했다. 에어컨 소리만 나는 방 안에서 먼저 입을 뗸 그녀는 '바다 쪽 침대는 제가 써도 되죠?' 할 뿐이었다. 그들은 좀처럼 서로의 거리를 좁히려 들지 않았다. 방주인인 H가 먼저 욕실에 들어가 바닷바람 내음을 씻어냈다. 그녀가 젖은 머리카락을 털며 나오자 그는 고개를 돌리며 '씻을게요.' 하고는 화장실로 서둘러 들어갔다. 샤워기에서 물줄기가 떨어지는 소리가 나자 그녀는 자신의 침대 끝자락에 앉아 손가락을 꼼지락거렸다.

H는 잠들기 직전의 몽롱한 상태에서 S의 목소리를 들었다.

"손, 잡아도 돼요?"

H는 잠에 취한 나른한 웃음을 흘리며 폭신한 이불 밖으로 팔만을 끄집어내어 건너편 침대에서 삐죽 튀어나온 그의 손을 잡았다. 항상 건조하고 차가운 그녀의 손과는 다르게 그의 손은 따뜻하고 촉촉했다. 덥고 습한 여름 같았다. 맞잡은 둘의 손에서 온기가 퍼져 나와 에어컨으로 시원해진 공기를 덮었다. 많은 생각들이 스쳐 지나갔지만 무시하듯 눈을 꼭 감고 술기운을 빌어 밤의 시간들을 받아들였다.

얼마 지나지 않아 새벽 어스름이 창문을 넘어 들어오기 시작했다. 둘의 손은 각자의 자리로 얌전하게 되돌아가 있었다. S가 깨어나 핸드폰으로 시간을 확인하는 소리를 들으며 그녀도 잠에서 깨어났지만 둘 다 침대에서 일어나지는 않았다. 다시 눈을 감은 그들은 햇살이 바다에 반사되어 눈부실 무렵에야 완전히 눈을 떴다. 이제 다시 뜨거운 여름빛을 맞이할 순간이었고 이는 그들의 헤어짐을 의미하기도 했다. 서울과 부산. 기차역의 끝과 끝이었지만 H가 부산에 다시 방문하게 될 때, S가 서울에 오게 될 때 연락하기로 약속했다. 몽글몽글한 구름들이 하늘 높이 떠있었다. S는 기차역으로 가는 길을 배웅해주며 아무 말 없이 손을 잡았고 그녀는 손을 빼지 않았다. 여전히 따뜻하고 촉촉한 그의 손을 살짝 쥐었다.

"오늘이 하지예요."

먼저 입을 연건 그녀였다.

"하지?"

"일 년 중 낮이 가장 긴 날이요. 사계절 중 여름을, 24절기 중 하지를 가장 좋아하거든요."

먼 타지의 접점이라고는 없는 사람이었지만 그녀는 S에게 기억된다면 그게 여름처럼 이었으면 하고 바랐다. 길고 뜨거운 볕이 영원할 것 같은 하지를 두고두고 사랑하는 여자로. S는 그 말을 듣고는 낮고 아리송한 웃음을 흘리고는 이내 조용하게 물어왔다.

"내가 손을 잡으면 어떤 느낌이에요?"

"…여름. 여름을 안고 있는 느낌이에요."

그녀는 올곧은 눈빛으로 대답했다. 이유는 덧붙이지 않았다. S도 그녀를 흘깃 보고는 다시 한번 웃었을 뿐 더 이상 캐묻지 않았다. 그뿐이었다. 부산 여름의 뜨거운 공기는 그렇게 흘러갔다.

H는 캐리어를 끌고 플랫폼에 서있는 기차에 올라타며 그의 손을 잡았을 땐 어떤 느낌인지, 어제의 들뜬 감정은 무엇이었는지에 대해 생각했다. 스물부터 이어진 그녀의 사랑은 세상에 널려있는 흔한 것이었지만 그녀를 나아가게 하는 원동력이었고 타인을 바라보는 따스한 시선의 시작이었다. 연애가 끝나고는 충분히 애달파하며 스물 중반이 되었고 점차 식어가는 자신을 보며 이렇게 어른이 되어가는 건가 생각했다. 스물 후반이 되면서부터는 곧잘 누군가를 만나고 헤어지기를 반복했다. 누군가를 뜨겁게 사랑하고 깊게 이해하는 것은 왠지 모를 두려움으로 다가왔다. 한때 '열애'했던 자신이 그리워지고는 했지만 그런 감정이 어떤 것이었는지 기억나지 않았다. 하나 둘 결혼하는 친구들을 바라보며 평범한 연애를 하고, 안정적인 가정을 이루는 자신을 그려보곤 했다.

H는 집에 잘 도착했으며 너무 즐거웠다는 인사말을 길게 늘여 S에게 전송했다. 얼마 지나지 않아 S의 답은 그녀가 생각지도 못한 내용으로 되돌아왔다.

– 이번 주말에 시간 되세요? 서울로 여행을 갈까 하고요.

H는 이번 주말이 그의 생일이라는 것을 알고 있었다. 여름 안에 그

는 7월, 그녀는 8월에 생일을 두고 있었고 이건 그녀가 여름을 사랑하는 이유 중 하나기도 했다. 호기롭게 그의 생일을 기억하고 축하해주겠다고 바다를 걸고 약속한 게 바로 어제였다. 그의 짤막한 답장을 여러 번 읽으며 그녀는 다시 여행의 시작점에 선 것 같은 떨림을 느꼈다.

- 주말에 아무 일정 없어요. 서울로 오면 같이 생일 보내요. 제가 축하해 줄게요.

한참을 핸드폰을 만지작거리다 H는 그녀의 기대감이 온전히 전해지지는 않도록, 그렇지만 감추지 못한 기쁨이 살짝은 그에게 드러나 보이길 바라며 전송 버튼을 눌렀다. 그렇게 그들은 먼 훗날의 추상적이기만 했던 만남을 계산 가능한 앞날로 당겨왔다.

H는 그가 도착하는 시간에 맞춰 기차역으로 마중 나갔다. 서울여행은 악수로 시작되었고 이 맞닿음은 여행 내내 끈질기게도 이어졌다. 무더운 햇볕 아래를 걸을 때면 땀이 비집고 나왔지만 좀처럼 불편한 내색을 하거나 놓는 법이 없었다. 그들에게 주어진 시간에는 서로를 탐미하듯 더 깊은 이야기가 오고 갔다. S는 맞잡은 두 손을 바라보며 '우리 이야기는 소설로 만들어져도 될 거야' 하고 말했다.

사랑한다는 말은 우리의 불문율 같은 거야. 내가 술에 거나하게 취해 조금의 진심을 드러내 보이고 싶을 때 돌을 던지듯 무심히 하는 말. 사치스럽게 속삭이는 말.

H와 S는 함께하면서도 상대방에게 사랑이란 단어는 입에 올리지

않았다. '우리의 미래'에 대해서도 마찬가지였다. 서로 '각자의 꿈'을 이야기할 때면 H는 '언젠가는 사랑하는 사람과 안온한 가정을 이루겠지.' 하고 말했다. 그 말을 듣던 그는 그녀의 눈길을 피하며 '내가 이루고 싶은 일에 결혼이나 가정은 없는 것 같아.' 했다. 그 말을 듣던 H의 눈동자는 살짝 커졌지만 그뿐, 주제는 유하게 다른 곳으로 흘러갔다. H는 마침 옆에 있던 연인들이 노기 어린 말로 싸우고 상처 주는 것을 지켜보며 가소롭다고까지 생각했다.

'우린… 서로에게 더 이상 바라는 것이 없기 때문에 다툴 일도 없겠지. 상처 주는 일도 없을 거야.' H는 그에게 확신이나 미래를 요구하지 않았다. 그리고 그건 S도 마찬가지였다.

'네가 좋은 남자를 만나 행복하다면 난 정말 신에게 진심으로 감사할 거야. 그리고 진심으로 축하할 거야.'

S의 생일은 딱 맞아떨어지는 퍼즐처럼 순조롭게 흘러갔다. 특별한 계획이랄 것은 없었지만 식물원에 들어가 서로의 꿈을 이야기했고, 전시회를 보고 나와 서로의 감정이 어떠한지 대화했다. 길을 지나가다 들어간 식당은 이국적이고 매력적인 맛으로 많은 손님들이 있는 이유를 짐작 가능케 했고 하루의 끝이 다가오자 한강으로 향해 노을을 마주했다. 붉어져가는 한강을 오리배 안에서 보내고 나자 마침 강 건너편에서 큰 소리와 함께 터져 오른 불꽃이 어두운 하늘을 색색이 수놓았다. H는 속으로 그의 서른아홉의 생일이 그에게 사진처럼 오래도록 남기를 기도했다.

따스한 조명이 켜진 방 안에서는 베트남을 배경으로 한 영화 「연인」
이 흘러나오고 있었다.

내 어디가 좋아? S에게서 이해할 수 없다는 투의 말이 한숨과 함께
터져 나왔다. 그녀는 장난스레, 그러나 허를 찔린 듯 답했다. 그냥? 아
니면 잘생겨서? H는 생각하는 듯 눈을 동그랗게 돌리다 되물었다. 당
신은? 당신은 내 어디가 좋아? 네 순수함. 그 순수한 눈이 좋아. 그가
말하는 것이 그녀의 사랑이었다면, 그녀는 더 이상 순수하고 싶지 않
았다. S는 꾸물거리며 말을 이었다. 네가… 네가 내 위로 올라오는 꿈
을 꿨어. H는 소스라치게 놀랐지만 그를 쓰다듬던 부드러운 손길을
멈추지는 않았다. 그저 낮게 웃고는 그를 놀릴 뿐이었다. S의 꿈은 그
가 H를 만나러 오겠노라 했을 때부터 그녀가 머릿속으로 수없이 한
상상이었다. 내가 그를…, 그가 나를. 그리고 그런 생각을 하며 뻗치
는 어떤 전율. 나쁜 짓을 한 것 같으면서도 진실된.

S의 셔츠가 흘러내렸고 그녀의 시선은 심장께에 있는 흉터 자국으
로 향했다. 그녀는 그의 상처를 어루만지듯 입술로 훑었다. 그에게서
얕은 숨소리가 빠져나올 때, 그녀는 깊이 숨을 들이마셨다. 입술을 뗀
후 생긴 상흔과 같은 붉은 살결을 살짝 쓰다듬으며 입속으로 중얼거
렸다. 너에게 지워지지 않는 상처가 되고 싶다. 그러나 단 며칠 사이에
이 멍은 지워질 걸 그녀는 알고 있었다. 그들의 숨소리가 잦아들고 나
서야 H는 입을 열었다.

"꿈에 누군가가 나오는 건 내가 상대방이 보고 싶어서가 아니래. 그
사람이 꿈으로 보고 싶은 사람을 찾아 들어오는 거래. 그러니까 어떻

게 보면 내가 당신의 꿈으로 찾아간 게 맞을지도 몰라."

한 잔, 두 잔. S가 타고 떠날 기차 시간이 가까워질수록 맥주잔이 빠르게 비워졌고 그때마다 그녀는 술기운을 빌어 그에게 무언가를 말하고 싶어 참을 수 없었다.

그대와 함께할 때 내 웃음이 너무 예뻐 보여. 다채롭게 변하는 내 모습을 지켜보는 게 너무 행복해.

S와 그녀의 시선이 마주칠 때마다 그 말은 H의 목구멍을 에워쌌지만 그럼에도 그 말은 얼어버릴 듯 차가운 맥주와 함께 목으로 넘겨졌다. 그리고 그녀는 옅은 미소로 그 말의 빈 공간을 채우고는 목에 걸린 말 대신 다른 말을 뱉었다.

"우리는 더 깊은 사이가 될 수 있을까요?"

"…너도 그런 걸 원하지 않는 걸 알아."

"내가 만약 '우리 사귀자'라고 한다면 수락해 줄래요?"

"…응."

그 이후 둘은 어떤 말도 하지 않았고 그렇게 밤은 점점 그들에게 스며들어 사라져 갔다. 기차는 1분도 지체 없이 예정된 시간에 플랫폼을 떠났다.

"감정이라는 건 상호적인 거라고 생각해요."

H가 S에게 했던 말이었다. 서로 헤어짐을 이야기하고, 재회할 순간을 때 없는 기약으로 남기고, 안아 보낸 후. 발걸음을 돌릴 때 끈질기

게 들붙는 불안함과 공허함. 아무것도 모르는 것처럼 해맑게 웃는 모습으로 그를 돌려보낸 그녀였지만 온몸의 감각들은 헛바늘처럼 곤두서 예민하게 그와 그녀가 느끼는 분위기를 감지했다.

너와 사랑을 나누지 않았다면 난 행복했을까. 아니, 사랑이 무엇인지 고민하며 또 한참을 또 다른 누군가와 무의미한 시간을 보냈겠지. 네가 한 줌의 모래였다 할지라도 나는 너를 한 움큼 집어봤을 거야. 사랑하지 않았다면 평생 너를 볼 수 있었다 할지라도 난 널 사랑했을 거야. 지금 내가 그러한 것처럼.

몇 주가 흘렀다. 부산에 있는 S와 주고받은 메시지는 평소 그들이 나누던 대화와 별반 다르지 않았다. 밥은 잘 챙겨 먹었어? 뭐 하고 있었어. 전화 가능해? 집에 가면 전화해. 나 집이야. 집에 돌아왔다는 그녀의 답장에 핸드폰 화면에는 곧장 그의 이름이 떴고, H는 단숨에 통화버튼을 눌렀다. 평범하고 다정한 몇 마디 안부 후 그는 본론을 이야기했다.

"나 할 말이 있어."

그 순간 이후 그녀의 귀에는 그의 말 외에는 어떤 소리도 들리지 않았다. 그가 하려는 말이 무엇인지 미래를 예측하듯 그녀의 신경들은 머릿속을 두드렸다. 찰나의 순간을 쉬어내고 쏟아내는 그의 말들을 들으며 H는 그의 목소리가 살짝 떨리는 것 같다고 생각했다.

"우리는 무슨 사이인 거야⋯?"

덜컹 가슴이 내려앉았다. 심장이 돌연 쿵쾅거리기 시작했다. H가

자신도 모르게 끄응 소리를 내자 S는 정리해온 생각들을 외운 듯 읊어
냈다.

"차라리 너를 몰랐던 그때로 돌아가고 싶어. ···잠시의 감정···. 아
무도 우리를 환영하지 않을 거야···. ···이렇게 될지 몰랐어. ···옳은
관계가 아닌···."

그녀는 드문드문 들리는 그 단어들을 최대한 머릿속에 넣어 차갑게
식히고 싶었다. 지금 이 순간만큼은 이성적이어야 했다. 그는 조곤조
곤 자신의 이야기를 한 후 물었다.

"네 생각은 어때? 우리가 어떻게 하면 좋을까···?"

H는 자신이 왜 S에게 마음을 쏟았는지 이제야 알 것 같았다. 그의
템포. 조심스럽게 다가온 부드러운 손길도, 썰물처럼 순식간에 빠져
나가는 지금도, 그의 맺음마저도.

"네 생각이 맞아. 미안해하지 마."

이렇게 빠르게 도래할지는 몰랐지만 둘 다 서로의 끝을 수없이 상상
했을 터였다. 말을 꺼낸 이의 변명이라던가 그 말을 들은 이의 상처 어
린 말은 필요 없었다. H는 늦기 전에 어떤 말을 해야 한다고 생각했다.

"고마워."

그리고 H는 한 박자 쉬며 잠깐 생각한 후 말을 이었다.

"이렇게 말해줘서 고마워. 아마 난 평생 먼저 이야기하지 못했을
거야."

누군가에게 이별이나 작별을 고하는 건 정말이지 그녀의 성격에 맞
지 않았다. '후회하지 않을 만큼 사랑을 담는 일'이 조금이든 가득이든

이미 충분하다고 그녀 안에서 알림을 울려왔다. 충분해.

"그럴 것 같았어. 그래서 먼저 말하는 거야."

그는 대꾸했고 H는 그냥 웃었다. 한참 동안 다른 말은 이어지지 않았다.

"…생일은 챙겨주고 싶어."

"괜찮아. 챙겨주지 않아도 돼."

H는 머릿속으로 날짜를 가늠해보았다. 생일은 한 달이 넘게 남아있었다. 그의 선물을 기다리고 싶지 않았다. 그는 부득불 축하를 고집했고, H는 알겠다고 대답했지만 그 부분은 기억에서 지워버리는 게 나을 거라고 생각했다. 그의 생일 축하는 없는 셈 쳤다. 그녀는 전에 그에게 했던 말을 떠올렸다.

'난 정말 이기적이라 기다리는 거 잘 못해. 그래서 약속시간도 항상 딱 맞게 나가.'

그리고 우스갯소리로 덧붙였다. 아니면 내가 더 일부러 늦게 나가던가.

"아프지 말고 잘 지내."

아파해야 할지 아무렇지 않아야 할지 몰라 그녀는 한참을 그 자리에 서있었다. H는 이 관계를 무엇이라 해야 할지 몰랐다. 무엇이라 정의 내리고 싶지도 않았으니 더 고민할 필요는 없었다. H는 무작정 집 근처를 걷기 시작했다. 나무와 드넓은 하늘은 항상 그녀가 생각을 정리할 틈을 주었지만 오늘도 그러리라는 법은 없었다. 여름의 습한 공기가 덮쳐오자 그녀의 가슴도 턱 막혀왔다. 태양에 달구어진 한여름의 열기를 식혀주는 유일한 저녁시간이었건만 숨을 짓누르는 기압을 치워낼 수는 없었다. 그녀는 계속해서 떠오르는 생각을 마주했다. 언젠가, 아니. 금세 이런 순간이 올 거라고 생각했었어. 간질이는 느낌이 사라지고 나면 살포시 피어오르는 푸른곰팡이처럼 무언가에 질리고 지겨워지는 순간이. 그러다 고개를 저었다. 아니, 아니다. 어쩌면 이 애매한 관계가 지지부진하게 이어질 거라는 상상도 했었어. 각자의 삶을 살아내며 사랑하지만 사랑하지 않는 그런 관계 말이야.

때마침 낮은 기압들을 뚫고 옅은 비가 흩날리기 시작했다. 하늘은 그녀의 마음을 대변하듯 적절한 때에 웃고 울 줄 알았다. H는 어둑해진 하늘을 올려다보았다.

'The unattainable is attractive'

로미오와 줄리엣이 그토록 사랑할 수 있었던 이유는 서로가 서로를 취할 수 없었기 때문이야. 이미 져버린 꽃을 그리워하는 것은 내가 그걸 화분에 넣어 온전히 품을 수 없었기 때문이고. 우리 사이 가장 큰 벽은 우리의 마음이었겠지. 서로에게 서로를 온전히 맡길 수 없이 미래까지 고민했어야 하는 어른스러운 마음. 로미오와 줄리엣은 10대였으니 폭포에 몸을 던지듯 폭포에 마음을 내던지는 게 그렇게 이상한 일은 아니었을지도 몰라. 난 그렇게 어른이 되어가는 내가 좋아.

하루 이틀 시간은 지나고 H는 마음이 울렁거릴 때마다 버릇처럼 휘갈기듯 글을 썼다. 쓰지 않아 허공으로 날아가 버린 감정도 수없이 많앉다. 쓰고 지우기를 반복하자 짧고 강렬했던 시간을 반추하듯 무뎌져 갔다. 벅찼던 감정들이 조각조각 부수어졌고, 시간이 지날수록 고운 모래가 되어 반짝이는 무언가를 남기고 흩어졌다. 사람의 감정과 기억이 이토록 아름답고 부질없음을 그녀는 알고 있었다.

'가벼운 사랑이었나' 생각하다 '가벼운'이란 단어는 삭제했다. 그녀가 소싯적 좋아했던 같은 반 어린 남자아이들의 그때를 기억하는 것처럼 다시 들추어보며 서른아홉의 그를 생각할 것이다. 그녀는 조심스레 '그가 행복하기를, 그러면서도 스물아홉의 나를 잊지 않기를.' 하는 기도를 읊조렸다

〈처서處暑 8월 23일〉

H는 좋아하는 가수의 노래를 들으며 나지막이 가사를 흥얼거렸다.

'뜨거운 여름은 가고 남은 건 볼품없지만'

어렴풋하게 S의 유려한 미소와 햇빛을 고스란히 담던 눈동자가 떠올랐다.

H는 지난 기억을 추억하며 살짝 웃는 자신의 모습이 마음에 들었다. 대문을 나서는 그녀의 옆에는 여름이 오기 전 집으로 데려온 석류나무 한그루가 미처 피워내지 못했던 꽃을 피워내고 있었다. 조그마한 풍선 같던 봉우리가 터지고 그 안에선 여린 다홍색의 꽃잎들이 한껏 시원해진 바람을 맞이했다. 그녀는 다음 해의 석류나무의 꽃이 궁금했고, 다음 해의 뜨거운 여름과 그 자신이 기다려졌다.

여름도, 뜨거웠던 무더위도 사그라들고 다음 계절의 냄새를 담은

선선한 바람이 살랑 불어왔다. 풀벌레들도 조용히 입을 모아 노래하기
시작했다. 처서였다.

여행

조명현

조명현   맛집 투어를 위해 돌아다니는것을 좋아하고 사진찍는것도 좋아해서 수시로 하늘을 보고 다니는 평범한 사람입니다. 책을 많이 읽으려고 노력하지만 쉽지않습니다.

instagram: @cho_mh_

-나에게는 사소하고 작은 행동이 나에게는 큰 부담으로 다가왔었다. 누구에게도 살가운 적 없었고 안부조차도 궁금해하지 않는걸 당연히 여기며 살았었다. 가족이라면 당연히 궁금하고 가끔 전화하는 것이 맞다고 하던 아버지의 권유에 반항심이 생겨서 그런 건지 천성이 그런 건지 아직도 잘 모르겠다. 그저 아무것도 하지 않는 게 가장 편했었다. 바뀌려고 노력은 해보았지만 익숙하지 않았고 불편했다. 지금은 그 행동들을 무척이나 후회한다. 이제는 더 이상 안부를 물을 수도 어디에 있는지조차 알 수 없기 때문이다. 그 해 나는 조모와 외조모와 이별 후 '익숙함에 속아 소중한 걸 잃지 말자'라는 말을 가슴 깊이 새기며 눈물을 흘렸다.

　어릴 적 우리 가족에게 명절 귀향길은 여행 같았다. 인천에서 아버지의 고향인 전라남도 해남과, 어머니의 고향인 부산광역시로 이동시간만 하루가 걸렸지만 다 같이 모여 맛있는 걸 먹으며 시간 가는 줄 모르고 놀았던 기억이 있다. 하지만 이젠 귀향길을 아무리 달려도 조부모와 외조부모를 만날 수 없다.

조부모, 외조부모가 살아 있을 때 친근하지도 살갑지도 못한 손자였는데 왜 이제 와서 혼자 이렇게 힘든지 모르겠다. 항상 볼 수 있을 거라고 여겼던 생각을 바꿀 필요를 느꼈고 세상 그 무엇도 당연한 것은 없다는 걸 깨달았다. 새로운 변화 보단 지나온 것을 하나씩 정리하는 시간이 필요하다고 느꼈다. 항상 누군가와 함께가 아닌 혼자 다니며 생각과 마음을 정리해야겠다고 생각하며 떠나기로 했다.

-부산여행

뜨거운 여름 부산역은 휴가를 떠나는 사람들로 북적거렸다. 지하철을 타고 자갈치 시장으로 이동했다. 외할머니와 종종 가던 곳이었다.

어릴 적 외갓집에 가면 비디오 가게에 가서 이모들과 영화나 애니메이션 비디오를 빌려 보곤 했다. 그때는 노느라 밤을 새기도 했는데 새벽 4시가 되면 부스럭거리는 소리를 듣고 들어온 할머니가 "니 안자고 뭐하노" 하고 구수한 사투리로 물어보셨다. 나는 잠이 안 와 뒹굴거리다 보니 아직 못 자고 있다고 대답했다. 그리고 왜 이렇게 일찍 일어났냐고 물으니 할머니가 아침찬을 사러 시장에 간다고 하여 나도 따라나섰다. 겨울이었고 새벽바람은 차가웠다. 외할머니 집 근처에 있는 작은 시장에 가는 줄 알았지만 목적지는 지하철을 타고 이동해도 30분이나 걸리는 자갈치 시장이었다. 자갈치 시장에 도착하니 이른 새벽인데도 자갈치 시장은 상인들과 손님들로 가득했다. 사투리에 나름 익숙하다고 생각했으나, 상인들의 몇 마디 대화를 지나가며 듣다 보니 다른 나라에 온 거처럼 아무 말도 이해할 수 없었다. 낯선 아줌마와 할머니가 싸우는 거처럼 사투리로 대화를 나누는걸 곁에서 멍하니 올려다보았는데 알고 보니 그건 흥정이었다. 다만 깎아달라, 끼워달라는 말이 다소 억세서 내게 자극적으로 들린 터였다.

　오랜만에 와본 자갈치 시장이었지만 그때와 크게 다르지 않았다. 심지어 시끄러운 분위기와 억센 사투리도 그대로였다. 내가 술을 잘 마셨더라면 생선구이 가게에서 소주 한 잔 걸쳤을 텐데 그러지 못해 아쉬웠다. 아쉬움을 뒤로하고 국제시장과 BIFF거리에 있는 길거리 음식을 먹으며 돌아다녔다. 특유의 부산 바다향기와 목청을 높여 호객행위를 하는 상인들을 보니 외할머니가 떠올랐다. 길거리를 거닐다 근처 용두산에 갔다. 아주 낮은 언덕에 사람이 모여 있었지만 벤치가 있어 시원한 걸 마시며 쉬기 적당했다.

　서면에 위치한 숙소로 이동하여 짐을 내려두고 저녁을 먹기 위해 나갔다. SNS에 맛집으로 소개된 곳이 많았다. 큰 거리에 있는 식당들은 가족단위 손님이 많아 혼자 들어가기 부담스러웠다. 골목에 있는 작은 라멘집이 눈에 들어왔다. 혼밥 하기 좋은 메뉴였다. 밥을 다 먹고 재즈바를 찾아보았다. 당시 영화 라라랜드에 푹 빠져 있었다. 결말은 조금 슬펐지만 주인공들의 감정을 잘 살린 재즈가 인상 깊었다. 검색을 해보니 밥 먹은 곳으로부터 10분 정도 떨어진 곳에 재즈바가 있어 찾아갔다. 술집을 열기엔 조금 이른 시간이었지만 사장님은 입장을 흔쾌히 허락했다. 잔잔한 재즈가 썰렁한 공간을 부드럽게 어루만졌다. BAR 방문이 처음이어서 사장님에게 메뉴를 추천받았다. 멜론과 코코넛이 적절히 어우러진 달달한 준벅이라는 칵테일이었다. 그 후 시그니쳐 메뉴인 시나몬 향이 강하고 도수가 높은 한잔을 만들어 주셨는데 정확한 메뉴 이름은 기억나지 않는다. 다만 너무 강렬했다는 것은 확실하다. 노래를 들으며 이런저런 생각을 하다 보니 시간은 10시가 넘었고 취기가 조금 오른 채 숙소로 들어갔다.

이튿날 아침은 태양이 유난히 뜨거웠다. 숙소 주변에 돼지국밥이 유명하다길래 가보았다. 아침인데도 가게 안은 사람들로 북적였다. 그냥 갈까 했지만 맛집이라길래 기대하고 줄을 서서 기다렸다. 기대가 커서 그랬던지 생각보다 엄청나게 맛있진 않았다. 밥을 다 먹고 지하철을 타고 해운대로 이동해서 바다를 바라보았다. 하늘은 푸르고 강한 햇빛이 바다에 반사되어 눈부셨다. 벤치에 앉아 바다를 보고 있으니 먹먹했던 뭔가가 쓸려 가는 거 같았다. 다음 목적지를 찾다 깨달았다. 10년이 넘는 시간 동안 외갓집인 부산에 왔었지만 안 가본 곳이 너무 많았다. 가까운 곳부터 가보자는 마음으로 버스를 타고 해동 용궁사로 이동했다. 시원한 버스에서 내려 뜨거운 언덕길을 지나니 사찰 특유의 향냄새가 코끝을 자극했다. 주차장부터 사찰로 들어가는 골목에는 먹거리들이 가득했는데 그중에서도 통통하고 쫄깃한 어묵이 일품이었다. 용궁사 안에 있는 지장보살상에서 바라보는 바다 경치가 유명하다기에 걸어가던 중 쌍향수불을 지나가게 되었는데 아픈 사람들의 병을 치유해주는 부처가 모셔진 곳이라기에 잠시 바라보았다. 나의 종교와는 별개로 사찰 특유의 여유로움과 자연과 편안한 느낌이 마음을 위로해주는 듯했다.

어릴 적 외갓집 식구들과 송정 해수욕장과 기장 대변항 쪽은 놀러간 적 있으나 바로 근처인 용궁사는 처음 왔단 사실이 놀라웠다. 이제야 와서 아쉬우면서 지금이라도 온걸 다행이라고 생각했다. 가족 말고도 부산에 오면 생각나는 사람이 있어서 정말 오랜만에 연락을 하였다. 몇 년 만에 닿은 연락이었지만 얼마 전에 만났던 것처럼 친근했다. 급작스러운 연락에도 선뜻 퇴근 후에 만나자고 했다. 몇 시간 뒤 신세계 백화점 앞에서 만난 우리는 반가움에 힘껏 악수하고 그동안의 안부를 물으며 저녁을 먹으러 차를 타고 광안리로 이동하였다. 처음 만났던 건 대학교 실습생 시절 강원도에 있는 리조트에서 실습을 하면서였다. 추운 겨울 많은 실습생들 중 같은 건물, 같은 부서로 배정받아 인연이 되었다. 형의 뚜렷한 이목구비와 넉살 좋은 대화를 건네던 첫인상이 기억에 남는다. 부산 토박이인 형의 안내에 따라 낙곱새로 유명한 가게로 향했다. 평소엔 길게 줄을 서서 먹는 곳이라는데 그날은 기다리지 않고 바로 들어갔다. 내가 군대 가기 전에 마지막으로 만났었고 형도 외국에서 지내다 한국에 들어온지는 얼마 안 되었다고 했다. 저녁을 먹고 형의 차를 타고 수변공원과 근처 방파제 쪽에서 밤바다 구경을 하고 광안대교를 지나 황령산에 갔다. 그곳도 해동 용궁사처럼 방문이 처음이었다. 부산 전경을 볼 수 있을 만큼 높았고, 역시나 야경

또한 일품이었다. 이동하면서 얘기하다 보니 그때와 지금 달라진 건 나이를 먹었다 뿐이었고 결혼 적령기라는 부담이 점점 다가오고 있다는 걸 이야기했었다. 형은 행복한 연애 중이었고 결혼을 계획할 만큼 좋은 사람이라고 나중에 소개해주겠다고 하였다. 오랜만에 만난 사람이 정말 행복해 보였고 그 모습이 부러웠다. 숙소를 딱히 구하지 않고 어디든 저녁을 먹은 곳 근처에서 자려고 했는데 형의 제안으로 집에 가서 하루 신세를 지게 되었다. 집으로 가는 길에 캔맥주와 과자 몇 개를 샀다. 실습 당시의 추억들을 꺼내며 밤늦게까지 수다를 떨었다.

다음날 아침 느지막이 일어나 현지인이 추천하는 밀면 가게로 이동했다. 점심시간 전이라 사람은 별로 없었지만 맛집답게 많은 연예인들의 싸인이 걸려있었다. 시원한 밀면에 따뜻한 육수와 만두를 함께 곁들여 먹으니 정말 최고였다. 부산대 근처에서 이곳저곳 구경하고 점심을 먹고 편하게 차를 타고 부산역으로 이동하여 집에 갈 준비를 하였다. 형 덕분에 좋은 곳도 구경하고 맛있는 것도 많이 먹을 수 있었다, 나중에 꼭 신세를 갚겠다고 인사하곤 서울행 KTX에 올랐다. 아무 계획도 없이 혼자 떠난 여행이었다. 걱정했던 것과는 달리 많은 것을 느끼고 겪었고 생각지도 못했던 사람과 다시 가까워졌다.

-외할머니의 부고

지난 9월 엄마에게 급하게 전화가 왔다. 외할머니가 위급하다는 연락이었다. 급하게 준비하고 부산으로 가족들과 내려갔다. 병원도 아닌 호스피스 병동에서 할머니를 마주했다. 우리의 시간과 다르게 흘러갔다는 듯 할머니는 많이 야위고 거동이 어려웠다. 암 투병 후 자기는 괜찮다며 항암치료와 여러 치료들을 꾸준히 받지 않았던 게 지금의 병들을 키웠다고 한다. 조금이라도 나아지려면 혈액투석이라는 걸 해야하는데 3시간이나 걸릴뿐더러 동맥을 잘 찾지 못해 바늘을 잘못 꽂는 간호사들 때문에 치료를 거부하고 있었다. 이모와 삼촌들이 다 모여서 할머니를 설득하여 혈액투석을 권했다. 겨우 설득하여 병원으로 이동했는데 의사는 더 이상의 치료는 무의미하다는 말을 했다. 누군가를 치료하는 직업을 가진 사람이 할 말은 아닌 거 같아 어이가 없었지만 방법이 없는 것 같았다. 할머니가 이렇게 아픈 줄은 알지 못했다. 당연히 모두 그 자리에 있을 거라는 내 착각이 후회되고 허무했다. 더 이상 할 수 있는 게 없던 우리 가족은 이모와 삼촌들에게 할머니 치료를 부탁하곤 집으로 돌아왔다.

얼마 후 할머니의 마지막이라는 소식을 듣고 부산으로 갔다. 오늘을 넘기기 힘들다는 말을 들었다. 그 말은 현실이 되었고 우리가 도착하고 몇 시간 뒤 할머니는 떠나셨다. 할머니가 떠나신 그날은 추석 당일이었고 얼마 뒤 할머니의 생신이었다. 힘들지 않은 이별이 있으면 좋겠다고 생각했다. 모든 게 다 끝난 후 한동안 가족들은 애써 아무렇지 않은 척했다. 한동안 나는 후회와 자책을 반복했다. 멀쩡하고 건강한 신체를 가지고 있었지만 정신은 버티지 못하였다. 이런 모습을 부모님에게는 숨기려 애써 괜찮은척했지만 오래가지 못하였다.

언제까지 이러고 있을 순 없다는 생각에 상담을 받으러 갔다. 상담을 해주신 선생님은 편하게 별거 아닌 대화를 이어가다가 내 이야기를 해보라고 하셨다. 나는 아무 말도 하지 못했다. 생각해보면 어디 가서 누군가에게 내 이야기를 해본 적이 없었다. 무엇이 힘들게 하는지 최근에 겪은 일들에 대해 하나씩 이야기하다 보니 나는 무슨 일이 생기면 피하는 사람 숨기 바쁜 사람이었다. 선생님은 자책은 좋지 않다며 누구의 잘못도 아니라고 하셨지만 난 여전히 그러고 있었다. 이런 생각들과 모습을 바꾸기 위해 선생님의 말에 귀 기울였다. 집에서 혼자 있는 건 안 좋다고 해서 이곳저곳 돌아다녔다. 처음엔 집 근처부터 시작해 동묘시장을 다니던 중 옛날에 쓰던 카세트테이프와 LP판 파는 곳을 지나는데 어렸을 적 외할머니가 듣던 노래가 흘러나와 하루 종일 그 노래를 흥얼거리며 돌아다녔다. 힘든 것은 시간이 해결해준다고 나아질 거라고 하지만 가끔은 그냥 해결해주지 말고 멈췄으면 좋겠다.

-직장을 그만두고

조금씩은 나아지고 있는 게 아닐까 했던 나에게 번아웃이 찾아왔다. 직접적인 이유는 알지 못한 채 순식간에 일상이 무너져갔다. 직장에서는 일에 집중을 못하고 기억력이 떨어져 실수가 잦아졌고 작은 실수가 점점 쌓여 큰 문제가 생길 뻔한 적이 있었다. 일이 끝나고 아무것도 안 하고 쉬어도, 나아지려고 노력함에도 불구하고 상황은 좋아지지 않았다. 언제 나아질지도 모른 채 이대로 직장에 피해만 주는 것 같아 퇴직에 대해 사장님께 말씀드렸다. 감사하게도 사장님은 당장 그만두면 나중에 후회할 수도 있으니 당분간 쉬고 돌아오라고 했지만 나는 그러면 모두에게 피해만 줄 것 같다는 대답으로 뜻을 꺾지 않았다. 사장님은 알겠다며 빨리 나아지길 바란다고 말해주셨다. 얼마 뒤 모든 정리가 끝나고 마지막 출근을 해서 그동안 감사했다고 좋은 분들 또 못 만날 거 같다며 인사를 드리고는 직장을 그만두었다.

상담 중 선생님이 이런 말을 한 적이 있다. 생각이 많을 때는 종이에 정리하면 도움이 된다. 그렇게 하면 눈에 지금 보이는 거 위주로 생각하고 정리하는데 도움이 될 거라고 했다. 다만 집보다는 밖에서 하는 게 좋을 거라고도 하셨다. 처음엔 믿지 않았지만 혼자 카페에 앉아 적다 보니 머릿속에 있는 단어와 생각들이 하나씩 보이기 시작했다. 처음엔 적은 나조차도 놀랄 정도로 안 좋은 느낌의 단어가 많았다. 한 달정도 꾸준히 적다 보니 내가 느끼는 감정들이 조금씩은 좋아지는 게 보였고, 하고 싶었던 것들이 뭐였는지 알게 되었다. 그중에서 제일 하고 싶은 것은 해외여행이었다.

국내여행에도 익숙하지 않은데 해외여행 준비를 해보려니 막막했다. 해외여행 경험이 많은 지인들에게 혼자 가기에 좋은 곳을 물어보니 일본 오사카가 제일 괜찮다고 하였다. 인터넷 검색도 오사카가 혼자 다니기에 수월하고 좋다고 하여 오사카 여행을 계획했다. SNS로 최근에 오사카에 다녀온 친구에게 맛있는 걸 사주겠다며 도움을 요청했다. 친구는 당연히 도와주겠다며 자신이 여행 갈 때 적었던 계획표와 함께 일정 잡는 팁을 알려주었다. 일본에 가서도 구매가 가능하지만 복잡하기에 출발 전 한국에서 유심칩과 주유패스를 꼭 구매해야 한다고 하였다. 유심칩은 기간을 정해 데이터를 무제한으로 사용 가능한 것으로 구매했다. 주유패스라는 건 놀이공원에서 사용하는 자유이용권 같이 생겨서 가지고 다니면 가격에 따라 다양한 혜택을 받을 수 있는 티켓이었다. 그중에서 나는 정해진 관광지 무료입장과 일정 지역 전철을 무제한 환승 가능한 주유패스를 구매했다.

출발 일주일 전 40만원 정도를 엔화로 환전했다. 동전을 많이 사용할 것이며, 짐이 많지 않아도 돌아올 때 기념품을 많이 챙길 거라기에, 나는 동전지갑과 캐리어를 챙겼다. 해외여행인데도 나의 짐은 부산에 갈 때와 차이가 없었다. 블로그와 친구들이 알려준 정보를 종합하여 맛집 위치와 관광지 동선을 계획했다. 오히려 짐 싸는 시간보다 맛집 동선 찾는 게 제일 힘들었던 거 같다. 최종 계획은 일본 오사카 3박 4일 여행이고 4일 중 하루는 교토에 다녀오는 것이었다. 일정에 맞게 오사카 도톤보리 근처에 숙소를 예약했다. 출발 당일 여권과 미리 정리해둔 짐들을 챙겨 집에서 1시간 정도 지하철을 타고 김포공항으로 향했다. 김포공항에 도착해 미리 신청해둔 유심칩을 정해진 창구에서 받고 탑승수속을 마치고 비행기에 탑승했다. 안내방송이 나오고 아침 8시 20분 김포공항에서 오사카 간사이 공항으로 출발하였다.

-31940 오사카 첫째날

일본 간사이 공항에 도착하였다. 인천공항 여객터미널 1,2가 나눠진 거처럼 간사이공항도 1,2 터미널이 나눠져 있었는데 내가 내린 곳은 2 여객터미널이었다. 공항 내 순환버스를 타고 1 여객터미널로 이동하여 미리 신청해둔 창구에서 주유패스를 받고 지하철을 타러 이동하였다. 이동하는 길에 여러 가지 애니메이션 캐릭터 인형들과 제일 유명한 피카츄 인형들이 전시되어있는 게 보였다. 어린아이들이 행복하게 웃으며 인형들과 사진 찍는 모습이 보기 좋았다. 공항에서 전철을 타고 난바역으로 1시간 정도 이동하였다. 오사카 난바역에 내려 숙소로 이동하였다. 난바역 인근 풍경을 부산과 비슷했다. 영화에서 봤던 거처럼 이동수단으로 자전거 이용자들이 많았고 거치대도 깔끔하게 잘 정돈되어있었다. 숙소는 캡슐호텔이었는데 입실 시간보다 일찍 도착하여 짐만 맡기고 밖으로 나와 제일 먹고 싶었고 SNS에서 유명하다고 했던 초밥집으로 향했다.

'젠쿠로 스시'의 초밥들 모두 신선했는데 그중에서도 계란초밥은 아직도 잊을 수 없는 맛이었다. 몽글몽글하고 부드러운 맛이 인상 깊

없는데 나중에 한국에 와서 그 계란초밥을 찾아봤지만 그 어느 곳도 만족시켜주지 못했었다. 그리고 신기했던 건 자리마다 뜨거운 물이 나오는 것이었는데 일본에서 유명한 말차가루가 자리마다 있었고 기호에 맞게 초밥과 뜨거운 물에 말차가루를 적절히 섞어서 초밥과 마시라는 가게 운영방식이었다. 혼자 먹기에도 부담 는 곳이었다. 밖으로 나와 근처에 있는 '도톤보리' 강으로 이동하여 가장 유명하고 상징적인 쿠리코 러너라고 불리는 간판 캐릭터 글리코상에서 사진을 찍었다.

주유패스 사용으로 전철을 타고 '오사카코역'으로 이동하였다. 역에서 내려 강 쪽으로 이동하다 보면 주변이 한눈에 다 들어올 정도로 커다란 '덴포잔 대관람차'가 보였다. 대관람차도 주유패스를 사용하여 무료 탑승이 가능했다. 올라가 보니 탑승하는 곳이 두 곳이었는데 한쪽엔 줄 서는 사람이 없기에 그곳에 줄을 섰다. 사람이 없어서 바로 탑승이 가능했는데 알고 보니 그 줄은 바닥이 훤히 보이는 통유리 칸 탑승 줄이었다. 탑승한 관람차 안에는 스피커를 통해 갈매기 소리가 흘러나왔고 사방이 뚫린 유리 덕에 안 보이는 곳 없이 관람했었다. 관람차에서 내려 주변 기념품 상점을 구경하고 편의점에서 음료수 하나 사들고 나와서 조용한 일본 거리를 구경했다. 일본은 특이하게 유니폼을 맞춰 입고 다니는 학생들이 많았다. 유니폼 색상도 다양했는데 학교가 다른 건지 학년 별로 색상이 다른 건지는 모르겠지만 그 모습이 신기하고 어린아이들이 귀여웠다.

다시 전철을 타고 '우메다역'으로 20분 정도 이동하였다. 이곳에도 유명한 '헵파이브 대관람차'가 있었다. 주유패스로 무료 탑승이 가능하였고 덴포잔 대관람차와는 다르게 건물 중간에 위치해 있고 관람차가 붉은색이라는 특징과 도시 전망이 한눈에 들어오는 곳이었다. 처음에 탔던 관람차 보다 감흥은 덜 했지만 도심가 중심에 관람차라는 게 색다르고 신기했다. 주변에 '돈키호테'라는 곳이 보였는데 식료품, 장난감, 신발, 기타 생활용품을 파는 편의점이라고 하는데 우리나라에서는 대형마트 느낌인 거 같았다. 관람차에서 내려 헵파이브 쇼핑몰에서 이것저것 구경하였는데 어디를 가든 애니메이션 상점은 꼭 있는 것 같았다.

'우메다역'에서 20분 정도 걸어서 '우메다 공중정원'으로 이동하였다. 이곳은 '우메다 스카이빌딩' 가장 꼭대기에 위치한 전망대로 해가 완전히 진 다음 반짝이는 도시 야경을 보기에 좋은 곳이었다. 우리나라와 비교하자면 63 빌딩 같은 느낌이었다. 내가 지금 일본에 있다는 걸 잠시 잊은 채로 멍하니 야경을 보고 있었다. 사진을 찍으려는 사람들이 많아 한 곳에서 오래 구경을 못하여 아쉬웠지만 구경하기엔 충분한 시간이었다. 숙소로 이동하기 위해 다시 '우메다역'으로 향하였다. 아까는 보지 못하였던 'lucua 1100'이라는 쇼핑몰 외관을 보고 감탄했다. 늦은 밤에 환하게 반짝이는 웅장하고 커다란 건물을 보고 놀라서 눈과 카메라에 담기 바빴다. 퇴근하는 사람들과 쇼핑하러 온 사람들로 가득했는데 이곳 지하에 위치한 덮밥집에서 '에비가츠동'을 주문하였다. 몽글한 계란과 새우튀김이 소스와 잘 어우러져 입안을 행복하게 하는 메뉴였다.

숙소로 이동하여 씻고 간단하게 정리 후 '도톤보리'로 나가서 낮에 봤던 것과는 다른 느낌인 밤거리를 구경하였다. 길거리에서 동그랗고 커다랗게 잘 구워진 타코야키를 포장하여 숙소에서 맥주와 같이 먹었다. 찍은 사진을 정리하다 보니 오늘 내가 걸은 걸음수는 31940이었다. 돌아다닐 땐 이렇게 힘든 일정이라고는 생각하지 못했지만 하루를 돌아보니 참 많은 것을 했구나 하며 뿌듯했다.

-고즈넉한 교토

이틀에 걸친 오사카 주변 일정을 보내고 일본에서의 3일째 날은 교토에서 보내기로 했다. 숙소에서 1시간 정도 기차를 타고 이동해야 해서 아침 7시에 일어나 출발했다. 기차에 타고 경치를 보며 이동하다 보니 '아라시야마' 역에 도착했다. 이 근처에 유명한 대나무 숲(지쿠린)이 있다기에 20분 정도 걸었다. 조용하고 고즈넉한 마을들을 지나고 도게츠교라는 다리를 건너며 잔잔한 시냇물 소리도 듣다 보니 어느새 대나무 숲에 도착하였다. 가족단위로 온 사람들이 많았고 거대한 대나무들이 바람에 움직이는 소리와 특유의 대나무 향이 인상 깊었다. 머리가 맑아지는 듯한 대나무 숲을 지나 조용한 시골 마을들을 한번 더 둘러본 후 다음 목적지인 '가쓰라 역'으로 향했다. 20분 정도 후에 가쓰라 역에서 도착해서 버스를 타고 사찰 투어를 시작하였다. 자료로만 조사했던 사찰들을 실제로 보니 엄청난 규모와 잘 관리되어있는 모습들이 보기 좋았다.

제일 먼저 도착한 곳은 '니조 성'이었다. 일본 왕이 머물 목적으로 만든 곳이었는데 우리나라 궁전과는 조금 다르지만 그 나름의 역사와 건축 구조양식이 신기했다. 그 후 연못 사이에 금박 누각이 특징인 '금각사'와 고요한 정원과 특유의 향냄새가 강하고 정원에 은색 모래언덕이 있던 '은각사', 마지막으로 노을과 함께 멋진 야경과 조명과 달빛을 받아 아름다운 금빛을 띄던 '청수사'를 끝으로 교토 사찰 투어를 마쳤다. 청수사 근처에서 저녁을 먹고 오사카 숙소로 돌아갔다. 내일이면 한국에 돌아간다는 것과 혼자서 일본 투어를 마친 것도 믿기지 않았다. 일본에 오기 전에는 생각이 많아 걱정이고 여행 가서도 이러면 안 되는데 생각했다. 막상 일본에 와보니 그런 생각 할 겨를 없이 발에 물집이 잡히고 누우면 자기에 바쁜 고된 일정을 소화하다 보니 정신보단 몸이 걱정보단 눈앞에 보이는 것을 더 많이 느끼게 된 여행이었다. 시작이 어려울 뿐 막상 부딪히면 뭐든 다 할 수 있었던 일본에서 4일이었다. 출발할 땐 없던 짐들이 돌아올 땐 기념품과 먹을 것으로 가득했다.

일본에 다녀온 후 강아지가 새로운 가족이 되었다. 구름이 이름처럼 하얗고 이쁜 말티즈다. 기념품과 짐들을 정리하고 새 가족을 위한 준비를 하며 한동안은 정신없이 시간이 흘렀다. 다시 안정을 찾은 후부터는 상담을 가지 않았다. 혼자서도 잘 지내는 것을 해내고 있었고 해보지 않았던 것들을 해보고 힘이 들 때면 종이에 머릿속에 있는 것들을 적어가며 나를 돌아보기도 했다. 여행 후 제일 먼저 해본 것은 새로운 가족을 이해하고 지키기 위한 유기견 봉사를 시작했다.

살다 보면 누구에게나 힘든 시련과 걱정이 찾아올 수 있다. 그 시간들은 고통스럽겠지만 어디에든 '나'를 도와줄 사람은 있다. 아무것도 없고 난 혼자라고 자책하기보단 어딘가에 있을 내편에게 도움을 요청한다면 힘든 시간들이 추억이 될 수 있을 거 같다고 생각한다.

평범하지만 특별한

발행 2022년 12월 31일

지은이 금은보화, 이상윤, 하나제이, 박효하, 조명현

라이팅리더 정성우

디자인 윤소정

펴낸이 정원우

펴낸곳 글ego

출판등록 2019.06.21 (제2019-000227호)

주소 서울특별시 강남구 테헤란로216, 12층 A40호

이메일 writing4ego@gmail.com

홈페이지 http://egowriting.com

인스타그램 @egowriting

ISBN 979-11-6666-242-3